またもや不本意ながら、神様の花嫁は今宵も寵愛されてます

涙鳴

STARTS
スターツ出版株式会社

天雲の　よそにも人の　なりゆくか
さすがに目には　見ゆるものから

あなたは空の雲のように、遠く私から離れていくのですね。
私の目には、その姿が見えるというのに——。

目次

またもや不本意ながら、神様の花嫁は今宵も寵愛されてます

序章　雨、夫婦の間に降りしきる

森の中に静かに佇む、一見こぢんまりとした神社。それは鳥居を潜《くぐ》ると、たちまち池に浮かぶ巨大な朱色の神宮《じんぐう》へと姿を変える。

広い境内には年中枯れることのない桜が咲き誇り、神宮に続く大きな橋の下には黄金の鯉。夜になると空にはひっきりなしに星が流れる。

この浮世離れした場所こそ、神世《かみよ》と呼ばれる神様の住まう世界。この神宮は人の願いを叶える桜月《おうづき》神社の奉《まつ》り神――朔《さく》の御殿だ。

そして私――芦屋雅《あしやみやび》は神様である朔の妻で、千年に一度現れる奇跡の魂の持ち主。

私の魂や血、涙などの体液は力を与えるだけでなく、酒のようにあやかしや神様を酔わせるのだとか。ゆえにあやかしや神様に狙われることが多く、初めは守ってもらうために不本意で朔の花嫁になった。

けれど、今は違う。人ならざる者が見えるというだけで、両親や周囲の人間から気味悪がられてきた私を朔が孤独から攫《さら》ってくれた。

『お前、大人になったら――俺の嫁になれ』

幼い頃、桜月神社で朔と出会い、交わした約束。朔はそれをずっと忘れずにいて、私を待ち続けてくれていた。

普段は尊大な態度ばかりが目について、なかなか気づけなかった彼の優しさ。それに触れたらもう、好きにならずにはいられなかった。彼がたとえ、人でなくても――。

心を失いかけたり、過去をやり直したり。さまざまな障壁を乗り越え、私たちはようやく本当の夫婦になれた。そう思っていたのに、なのに……これはどういうこと！

本殿から離れたところにある、だだっ広い和室。そこには一枚の布団が寂しくぽつんと敷かれている。

「俺の隣にいろ、なにがあっても離れるなって言ったよね!?」

布団の上に正座していた私は、心が通じ合ったのを確かめ合ったのに、いまだ別の部屋で寝ていることへの不満をひとりぶちまける。

「物理的な距離が、ぜんっぜん縮まってないんですけど！」

朔から『ともに生きよう、俺の番《つが》い』と言われてから二週間だ。

すれ違っていたぶん、夫婦らしいことをしたい。そんな風に願っていたのは、私だけ？　私が花嫁にはならないと言い張っていた頃はぐいぐい迫ってきていたくせに、手に入ったらこんなにも無関心とは……。

「ダメだ、このままひとりで考えてても埒が明かない」

私は立ち上がり、寝間着姿のまま部屋を出る。向かう先は廊下の角にある朔の部屋。

幼い頃にした嫁になるという約束を私が忘れていたせいで、お互いの気持ちに気づくのにずいぶんと遠回りした。

もうすれ違うのは嫌だった。朔がどう思っているのか、洗いざらい吐いてもらおう。

そう意気込んで、襖を開け放ったまではよかった。

「騒がしいな」

障子窓に寄り掛かるようにして、男が月明かりに照らされた池を眺めている。見た目は二十代後半だが、かれこれ千年ほど生きている私の旦那様だ。

いつもは頭の高いところで結っている長い銀髪を下ろしている。畳の上に流れるように広がっているそれは、踏み荒らされていないまっさらな雪のよう。

「今、何時だと思っている」

月とも太陽ともとれる金色の瞳が不機嫌そうに細められた。今までの彼なら、ここで『夜這いか?』と、からかってきたはず。それなのに、この塩対応。私が部屋を訪ねてきたことすら迷惑そうで、朔の気持ちを確かめようという心意気は萎んでいく。

私、朔を怒らせるようなことをしたっけ?

その場に立ち尽くし、自分の行いを振り返っていたら——朔がため息をつきながら腰を上げた。無言でこちらまで歩いてくると、肩にかけていた羽織りで私を包む。

「そのような薄着で歩き回るな」

以前の私なら、こうして気遣われるだけで幸せだった。けれど、心が結ばれたからこそ足りない。もっと朔に近づきたいと思うのは、私のわがままなのかな。

「あの、朔。まだ寝ないなら、少しくらい話をしない?」

『一緒にいたい』とはさすがに恥ずかしくて口にできなかったけれど、私なりに勇気を振り絞った。だが、返ってきたのは冷たいひと言。

「……いや、もう眠る。お前も部屋に戻れ」

「でも、今来たばかりだし！」

「夜も遅い。いいから、ここから出ていけ」

なかなかパンチの利いた言葉だった。

朔は私を部屋の外へ追い出し、ぴしゃりと襖を締める。

「……ねえ、朔」

私は閉ざされた襖に手をつき、か細い声で尋ねる。

「私たちって夫婦なんだよね？」

朔に聞こえているのかはわからない。でも、そう確認せずにいられない。考えてみれば、はっきり『好き』だと告げられたわけではないのだ。

ともに生きようって朔は言ったけれど、あれは仲間としてという意味だったのか。これから夫婦として一緒に歩んでいくんだって思っていたのは、私の勝手な勘違い？

そう思ってしまうくらいに、私たちの仲は進展がないどころか、出会ったとき以上に溝が広がっている気がした。

＊＊＊

翌日、境内の掃除を終えた私は神宮の東にある『神楽殿《かぐらでん》』の居間にいた。神楽殿とは、主に寝所や浴場などの生活スペースがある建物のこと。

私はまくり上げられた御簾《みす》の向こうに見える、正午の空を眺めてため息をつく。

「はあああ〜っ」

普段なら気分が明るくなるはずの太陽の光が、やたらと目に染みた。原因はわかっている。昨日の朔の態度だ。素っ気ないを通り越して、避けられている気さえする。

意味がわからない。私、やっぱりなにかした？

「なんだ、雅。辛気臭《しんき》いぞ！」

床に腹ばいになり、足をぶらぶらさせていた手のひらサイズの小鬼がこちらを見て怪訝な顔をする。褐色の肌と髪、トラ柄の布を胸と腰の辺りに巻いている彼は名をトラちゃんという。

「これを見ろ！　うまそうなもん見ると、元気が出るぞ！」

トラちゃんが私のスマホを抱えて、隣にやってくる。ディスプレイには、コンビニに新登場したという『エビチリ肉まん』の画像。前は結婚情報誌、今回は肉まん。トラちゃんは人間の世界——現世《げんせ》の物に興味津々だ。

するとそこへ、この神社を守る狛犬兄弟が昼食を運んできた。犬の耳と尻尾が生えた彼らは、おそろいの浅葱色の袴を着ている。ふたりは朔の身の回りの世話をするためか、この神宮では人型で過ごしていることが多い。

「なになに？　なんの話？」

一緒になってスマホ画面を覗き込んだのは、白《しろ》くん。ふわふわの白髪に、つぶらな青の瞳をしている。見た目は六歳くらいの男の子だが、五百年は生きているのだとか。

「トラちゃんが現世のエビチリ肉まんにご執心なの」

「なんだ、その身体に悪そうな食べ物は。エビと肉を一緒に食べるのか？　俺たちの料理じゃ不満とは、贅沢なやつだ」

箱膳を並べながら、ギロリとトラちゃんを睨みつけるのは黒《くろ》だ。二十代半ばくらいに見えるが、彼も人とは比べ物にならないほどの年月を生きている。

彼の黒髪と褐色の肌によく映える青の瞳は、白くんとは反対に切れ長。最初はその目つきの悪さと威圧感に押されるばかりだったが、今では慣れたものだ。

そして、ふたりの額に浮かび上がっている桜の痣《あざ》。これは主《あるじ》の神である朔への忠誠心を表し、眷属《けんぞく》――従者の証らしい。

実は私の左手の甲にも、桜の痣がある。朔がくれた祝福の印《いん》で、私が敵とみなしたあやかしや神様を弾く力があるのだ。いわば防犯用のスタンガンみたいなものである。

「ほうれん草のおひたしに、お煮しめ。じじいが食うようなもんばっかだろ！　俺はもっとハンバーガーとか、フライドポテトとかが食べたいんだよ！」

トラちゃん、なんでそんなに人間の世界のジャンクフードに詳しいの？

「ほう、いい度胸だ」

ゆらりとこちらに近づいてくる黒の背後には、ゴゴゴッと迫る殺気。対するトラちゃんも立ち上がり、ボンッと煙を立てて十八歳くらいの男の子の姿に化けた。これがトラちゃんのもうひとつの姿だ。

「やんのか！　俺の雷で消し炭にしてやる！」

──ああ、平和だな。

今にもやり合おうとしているふたり。この賑やかさが桜月神社の日常だ。だが、あやかしや神様の喧嘩は人のそれと規模が違う。

「小鬼ごときが、俺に勝てるとでも？」

黒もボンッと煙を立てて犬の姿になると、毛並みを逆立てながらトラちゃんを威嚇した。白くんと黒は、こうして犬の姿にもなれるのだ。

「もーっ、やめなよ、ふたりとも！　これから、お昼ご飯なんだよ！」

白くんが制止するも、臨戦態勢に入った狛犬と小鬼は聞く耳持たず。こうなってくると、せっかくの料理が冷めるどころか、喧嘩の最中に蹴り飛ばされて無残な有様になりそうだ。

「雅様あ〜っ、ふたりが僕のこと無視するーっ」

白くんが目に涙を浮かべ、私の首にしがみついてきた。その頭をよしよしと撫でながら、死闘をおっぱじめようとしている彼らに叫ぶ。

「おすわり！」

ふたりはびくっと肩を跳ねさせ、頭の上に『！』マークを浮かべながら、私を振り返った。

「トラちゃん、エビチリ肉まんはご飯を食べ終わったら一緒に買いに行こう」

「いいのか⁉」

トラちゃんが瞳を輝かせる。

「うん。だけど、いつも料理を作ってくれてる黒と白くんに『ごめんなさい』をするのが条件」

「なんでだよ！」

「白くんと黒の料理を、『じじいが食うようなもん』って、さっき言ったでしょ」

ばつが悪そうに、「うっ」とうめくトラちゃん。悪いことをした自覚はあるらしい。

「健康を気遣って作ってくれてるんだから、感謝しないとね？」

「わかったよ……わ、悪かったな。黒、白」

トラちゃんの謝罪で気が済んだのか、黒も人の姿に戻る。そして、その場に膝をついたかと思えば、深々と頭を垂れた。

「申し訳ない、雅様。ついカッとなって、昼食を台無しにするところだった」

「わかればよろしい」

冗談っぽく上から目線で返すも、黒の耳は元気なく下がったままだった。そこまで落ち込まなくてもと思うが、彼は私のことも朔と同様に主と慕ってくれている。真面目なので、主に注意された＝とんでもない失態のように思っているに違いない。ならば……。

「では、モフモフさせてくれたら許します」

いつぞやの再現だ。私は「なっ」と後ずさる黒の耳を手で触ったり、尻尾に頬ずりしたりして感触を堪能する。

「や、やめっ……だが、これは贖罪《しょくざい》。我慢、だ……くうっ」

目元を赤らめ、くすぐったさに耐える黒が可愛い。

「兄さんだけずるいっ、僕も撫でて！」

後ろから甘えるように抱き着いてきたのは白くんだ。狛犬兄弟とじゃれ合っていると黒い気配を感じて、はっと顔を上げる。

「俺の気も知らないで、ずいぶんと楽しそうだな、雅」

朔が居間の入り口に立っていた。昨夜は下ろしていた髪が、今はしっかり結い上げられている。その身を包む衣装は、華やかな桜が散りばめられた紺色の着物。黄金の帯で絞めた腰には刀を差している。

「そんな風に他の男と密着して、夫を妬かせるとは。俺の嫁はなかなかの策士だ」

不機嫌なオーラを纏い、朔は不穏な笑みを口元に湛えていた。

わざと私が妬かせようとしているだなんて、誤解もいいところだ。モフモフするために、結果的にこの体勢になってしまっただけなのに。

「私は、そんな風に相手の心を弄んだりしない」

朔の冗談じみた口調はいつものことだけど、それを聞き流せないのは昨日つれなくされたことが尾を引いているからだ。

「策士なのは、朔のほうなんじゃない？　優しかったり、素っ気なかったり、天気みたいに態度が変わるから。私は、そのたびに……っ」

——怖くなる。どんどん好きになっていく私とは対照的に、朔の気持ちは冷めていってるんじゃないかって。人の世界では、男は付き合うと冷めるってよく聞くし。

「なんだ、昨日のことを怒っているのか？　なら悪かった。言い方が配慮に欠けていた自覚はある」

「言い方の問題じゃない。私を追い返した理由を知りたいの」

部屋を訪れたとき、朔は窓の外の景色を眺めていて、寝る素振りなんて少しも見せていなかった。それなのに、私が来たらもう寝るだなんて、明らかに追い返す口実だ。

「昨日だけじゃないからね。朔、最近私のこと避けてない？」

一緒に寝る寝ない以前に、前みたいに隙あらば抱き寄せてくることもなくなった。みんながいるところでは、さっきのように『妬ける』だのとからかってくるが、ふたりきりになるとすぐに部屋に戻ろうとする。

朔の様子がおかしくなったのは、確実にあやかしの世界――常世《とこよ》から帰ってきてともに生きることを誓ったあの日から。

「私、なにかした？」

詰問するが、朔はだんまりだ。その表情は静かな痛みに耐えているかのようだった。なんで、朔がそんな顔をするの？　わけがわからない。

他のみんなが、私たちの様子を息をこらして見守っているのがわかる。空気を悪くして申し訳ないけれど、話し合いをやめるつもりはない。早くこのモヤモヤを晴らしてしまいたかった。

「俺の気持ちも察しろ」

ようやく返ってきた答えがそれか、と落胆する。理由があるなら、話してほしかった。もちろん言えないことのひとつやふたつ、誰しも抱えているものだ。それは重々承知しているけれど、妻の私には打ち明けてくれてもいいのでは？　でなきゃ、そんな風に思い悩んでいる様子の朔を支えてあげられない。

「……私、エスパーじゃないから、なんでもかんでも察するなんて無理。だから、至らないところがあるなら直すから、教えて」

ここまで言っても、返ってきたのは沈黙。さすがの私も耐えられなくなり、くるりと朔に背を向ける。

「トラちゃん、エビチリ肉まん買いに行かない？」

「ん？　お、おお！　そうだな、そうしたほうがいいな！　よし、今すぐにでも買いに行くぞ！」

一瞬、びくっとしたトラちゃんだったが、すぐさま私のところに駆け寄ってくる。そして、朔の横を通り過ぎるとき――。

「愛想尽かされても知らないからな！」

トラちゃんが小声でそう言い、朔を睨んでいた。

ありがとう、トラちゃん。それから白くん、黒、せっかく作ってくれたのにごめんなさい。今は、朔の顔を見ながら昼ご飯を食べられるほど、余裕がない。

ささくれ立っている心を落ち着かせるためにも、気分転換が必要だった。

「雅、朔となにがあったんだよ？」

大鳥居に向かっていると、隣を歩いていたトラちゃんから直球な質問が飛んでくる。

「なにがあったのか、私も知りたいっていうか……。朔が急によそよそしくなって、どうしたらいいかわからないの」

「あの煮え切らない態度は、なにか隠してるよな」

「トラちゃんもそう思う？」

「けど、雅を溺愛してるのは間違いないと思うぞ？　自分に仕える狛犬にまで嫉妬するくらいだしな。心配するだけ時間の無駄だ」

トラちゃんは励ましてくれるが、やはり不安は拭えない。また、ため息をつきそうになりながら空を仰ぐと、心とは裏腹な空模様。

「あの青が、今は恨めしい」

「なんだ、空が晴れてるのが気に入らないのか？」

「気持ちが沈んでるときに青空見ると、自分の悩みが余計に浮き彫りになるような気がしちゃって」

「なら、俺に任せろ！」

にっと笑ったトラちゃんは、天に向かって手を伸ばす。すると、たちまち空が分厚い灰色の雲に覆われていき、ザーッと雨が降り出した。

「これで雅の悩みも紛れたか？」

「トラちゃん……うん、ありがとう」

季節は六月。そろそろ梅雨がやってくる。うっとうしいくらいの雨がこれから続くというのに、貴重な晴れを私の都合で終わらせてごめんなさい。

だけど、お陰様で不安や苛立ちの輪郭が空を覆う雲のように、トラちゃんの気遣いに隠れてあやふやになっていく。雨音は私の中でリフレインする、朔の冷たい言葉たちを掻き消してくれているようだった。


私は傘を差して、トラちゃんと現世にやってきた。

たった今潜った大鳥居は、神世と現世を繋ぐ門のような役割をしている。

神社前に広がるのは生い茂る森。その参道を十五分ほど進み町に出て、コンビニに向かっていたときだった。

「あれ、トラちゃん？」

隣にいたはずなのに、姿が見当たらない。目新しいものを発見すると、すぐに飛びついていってしまうので、こういうことは珍しくない。

いつもなら、トラちゃんの行動に目を光らせてるんだけどな。

朔との一件で、気もそぞろになっているようだ。

「どこから探そう」

本屋やカフェ、ブティックが立ち並んでいる大通りは雨のせいか人通りが少ない。

トラちゃんが入るとしたら、どのお店だろう。

そう思案していると、眼鏡をかけたスーツ姿の男が前から歩いてくる。精悍な顔立ちと、黒髪のオールバックが隙のなさを感じさせた。

そうしてなんとなく観察していると、彼の手にはめられた黒のグローブに目がいく。

冬でもないのに、変なの。

不思議に思いながら、男とすれ違う、その瞬間――。

「ようやく見つけた」

抑揚のない呟きが耳に届き、間髪入れずに手首を掴まれる。

「え――……」

肌に触れる彼の手から冷気が身体に流れ込み、『苦シイ』『殺セ』『呪ッテヤル』『誰カ助ケテ』と老若男女の声が怒涛のように頭の中に響いた。

なに、これ……！

「嫌っ」

傘が宙を舞う。とっさにその手を振り払おうとしたら、左手の甲が眩い光を放った。

朔のくれた祝福の印だ。バチンッと男の手を弾き、私はそのまま後ろに倒れ込む。

「痛っ……」

地面に尻餅をつくと、チッと舌打ちが聞こえた。顔を上げれば、男の足元からお札《ふだ》のような白い紙が吹き上がる。それは数秒もしないうちに男を覆い隠し、そのまま空へと舞い上がっていく。気づいたときには男の姿も、どこかへと消えていた。

「なんだったの、今の……」

あの人に触わられたところから、なにか嫌なものが流れ込んでくる感じがした。ぶるりと身体を震わせたとき、「雅ーっ」と前からトラちゃんが走ってくる。

「あっちにエビチリ肉まんよりうまそうな、『明太ポテト肉まん』とやらを見つけたぞ！　やっぱりそっちにしよう……って、どうしたんだよ!?」

座り込んでいる私を見て、トラちゃんは顔色を変えた。私のそばに膝をつき、肩を掴んでくる。

「なにがあったんだ!?」

「それが……」

一の巻　想い合うほど遠ざかる

「変な男に攫われそうになった!?」

桜月神社に戻ってきて事の成り行きをみんなに話すと、真っ先に白くんが叫んだ。

「攫うつもりだったのかどうかはわからないけど、私を探してたのは確かだと思う」

彼は『ようやく見つけた』と、私に言ったから。

「……トラ」

ただならぬオーラを放ちながら、黒は目尻を吊り上げると、どすの利いた声で呼ぶ。

「この、無能小鬼が。お前は雅様の護衛も兼ねているんだぞ。おそばを離れるなんて言語道断！」

黒に怒られたトラちゃんは、しゅんとしながら私のほうを向き、両手を合わせて頭を下げてきた。

「ほんっとーに悪かった、雅」

なんだか今日は、トラちゃんが謝ってばかりな気がする。

私は苦笑いしながら、トラちゃんの頭に手を載せた。

「私こそ、自分が狙われる体質だってこと、もっと自覚しなきゃいけなかったのに、ぼーっとしてた。だから、ごめんなさい」

「雅……ううっ、これからは絶対離れないからな！」

瞳をうるうるさせ、断言するトラちゃんに大きく頷いた。

「うん、私も」

「――雅」

音もなく、背後から身体に回る温もり。その腕に幾度となく抱き寄せられてきたからこそ、誰のものなのかは名を尋ねずともわかる。

「怪我はないな？　痛むところはないな？」

いつになく覇気のない声に、彼の不安が感じとれた。

「朔……大丈夫、朔のくれた祝福の印が守ってくれたから」

胸の前にある朔の腕に手を添えれば、小刻みに震えている。

心配、かけちゃったんだな。

私が勝手に怒って神社を出て行ってしまったのに……。自業自得なのに、気遣ってくれる彼に胸が熱くなる。

「心臓が潰れるかと思ったぞ。当分外出は控えろ」

「安心しな。朔が事切れたら、俺が嫁にもらってやるからなー」

場違いなほど呑気な声が会話に割り込んでくる。「えっ」と弾かれるように振り返れば、朔の背後に「よう」と右手を上げる男の姿が。

「酒利《しゅり》さん！　いつからそこに!?」

「んー？　わりと最初からいたぞー？　そこの犬っころたちの鼻もどこまで利くのか、

わかったもんじゃないな」

白くんと黒がムッとした顔をする。それをものともせず、酒利さんは左腕を肌蹴た灰色の着物の懐に突っ込みながら千鳥足で近づいてきた。その顔は赤く、あきらかに酔っぱらっている。

見た目は三十代くらいだが、朔とは付き合いが長いらしいので、実年齢は千年かそこらだろう。

「雅、顔を見に来たぞ」

「勝手に人の嫁の顔を拝みに来るな」

朔が酒利さんと私の間に身を滑り込ませた。

「おー、朔。辛気臭い顔しちゃって、情けないなあ。千年に一度生まれる、奇跡の魂の持ち主を娶《めと》ったんだ。こんくらいで弱音を吐くなよなー」

癖のある茶髪を揺らしながら、彼は軽く頭を傾ける。梅色を帯びた、その淡く明るい灰色の目には若干の呆れが滲んでいた。

「どうだ、雅。こんな意気地なしなんてさっさと捨てて、今からでも酒盛《さかもり》の地に嫁いでくる気はないか？」

酒盛の地は神世の西に位置する。酒利さんがいる酒盛神社がある場所だ。もうお察しのことと思うが、彼は神様。酒利さんの作る神酒《みき》は、どんな穢れも清める力がある。

「お前は頭にまで酒が詰まっているようだな。酔っ払いの戯言には付き合いきれん」

朔に面と向かって当てこすりを言われても、酒利さんは平然としている。

それどころか私の前に胡坐《あぐら》をかき、腰にぶら下げていたひょうたんを一気に呷《あお》った。

「ぶひゃー、うめぇなあ」

「あのじじいに一発、雷でも当てとくか？」

トラちゃんが酒利さんを消し炭にしようとしている。それに「異論はない」とのったのは、犬猿の中である黒だ。

ある意味、酒利さんのマイペースさが張りつめていた居間の空気を少しだけ和らげていた。

「それにしてもさー、気になるよなー」

トレードマークの顎髭を指で撫でつけ、酒利さんは意味深に朔を見やる。

「雅を攫おうとした、その男。札を使ってたんだろ？　雅を狙うのは、あやかしや神だけじゃないってわけだ」

え……？　あやかしでも神様でもないとしたら、他に考えられるのは……人間？

まさかそんな、私は同じ人間からも狙われてるの？

その憶測が思いの外、胸にのしかかる。今日だけでなく、これまで平然と町を歩いていた自分が、どれほど危険な真似をしていたのか。改めて自覚して身震いする私を、朔が抱き寄せてくれた。

「雅、神世でも必ず誰かを連れて歩け」

「うん」

私は朔の着物をぎゅっと握りながら、なんとかそう答える。

何事も起こらなければいいんだけど……。

そんな私の不安を感じ取ったかのように、身体に回っている朔の腕に力がこもる。

この温もりが失われることになれば、私はきっと死んでしまう。

今でも鮮明に蘇るのは、朔が目の前で消滅したときのことだ。消滅は、神様やあやかしの世界では死ぬことと同じ。朔のいない世界で生きるなんて、絶対に耐えられない。桜月神社の誰かひとりでも欠けるようなことになったらと思うと、恐ろしくてたまらなかった。


その夜、自分の部屋の布団に横になり目を瞑ると遠くからなにやら声がした。

『苦シイ……アア、魂ガ削ラレテユク……』

はっと瞼を持ち上げれば、そこは私の部屋ではなく闇の中だった。私を囲むように、〝なにか〟が、どろりどろりと蠢《うごめ》いている。目を凝《こら》すと、落ち武者のような顔がいくつもついたムカデや眼窩《がんか》から赤い血を流している骸骨。元は神様なのか、人なのか、

あやかしなのか。おどろおどろしい者たちが寄り集まって大蛇《だいじゃ》となり、悶え這ってい
るのを視界の端に捉えた。
「……、ぁ……っ」
ひゅうっと喉が鳴る。悲鳴をあげたはずなのに声が出ない。
『許サナイ……許サナイ、許サナイ、許サナイ！』
繰り返し吐き出される呪詛《じゅそ》に耳を塞ぎたくなるけれど、身体が金縛りにあったみた
いに指ひとつ動かなかった。
なんなの、あれ……あやかし？　誰か、誰かいないの？
視線だけで周囲を見回すも、漆黒が広がっているだけだった。
朔っ、白くん、黒、トラちゃん……っ。
心の中で必死に彼らの名を呼んでいたときだった。大蛇の中から、ずぶりと音を立
てて黒い物体が出てくる。まるでヘドロでも被ったかのように、全身が真っ黒い泥状
のようなものに覆われていた。
『アア……ア、ア……』
うめき声をあげた〝それ〟から手足が伸び、四つん這いでこちらに近づいてくる。
――い、嫌！
前へ前へ進むほど、得体のしれない〝それ〟の身体から少しずつ泥が剝がれていく。

一見、人間のようなシルエット。でも、頭に尖った耳のようなものがある。それから、九本の尻尾も。

『帰リ……タイ、帰ラナクテ、ハ……』

一直線に私に向かってくる〝それ〟が、カッと目を開く。その瞳はおぞましい血の色をしていた。

来ないでっ、誰か！　誰かいないの⁉

私の全身は恐怖に硬直し、涙が頬を伝っていく。

『帰セ……私ヲ、帰セ……』

眼前に〝それ〟──化け物の顔が迫った。ガシッと肩を掴まれ、鋭い爪が肌に突き刺さり鋭い痛みが走る。

「い……っ」

化け物のヘドロが私の肌を黒く染め上げていく。それは身体を蝕《むしば》むように、ついには私の首にまで迫って──。

──飲み込まれるっ、助けて……朔！

強く願ったとき、「雅！」という彼の声が私の呪縛を解く。視界が晴れ、風景は見慣れた元の部屋に戻っていた。身体も自由に動かせるようになり、試しに「あ」と声を出してみる。

「……っ、戻った……？」

私は夢を見てたの？

胸が大きく上下している。荒い呼吸が自分のものだと気づくのに、時間がかかった。

「息を深く吸え」

はらりと、頬に落ちてくる銀糸のような髪。上から私の顔を覗き込む瞳が、行燈《あんどん》の明かりを受けて月のごとく私を照らしている。

「さ、く……どうして、ここに？」

ほっとしながら上半身を起こすと、布団から離れた背が冷んやりとする。全身汗だくだった。

「妙な気配がしてな。あやかしとも、神とも、人ともとれるが、そのどれでもない邪悪な気配が」

「それって……」

今しがた、自分の周りを這いずり回っていた大蛇の姿が頭に浮かぶ。ぶるっと身体が震え、腕をさすっていたら、朔が自分の着物の袖に私を隠すように抱きしめてきた。

「なにか見たんだな？　話せ」

「うん、実は……」

先ほど見た光景を伝えると、朔は険しい顔をしていた。やがて話が終わり、朔は白くんと黒、トラちゃんを呼ぶ。

「なにがあった！」

いちばん乗りでトラちゃんが部屋に飛び込んできた。

あとに続くようにして中に入ってきた白くんも、朔の腕の中にいる私を心配そうに覗き込んでくる。

「雅様っ、どうしたの？　体調悪い？」

「大丈夫、嫌なものを見ちゃっただけだから」

「それってあやかし？　ごめん、僕は感じなかっ……あれ？」

白くんが鼻をくんくんさせる。

「雅様から、血の匂いがする！」

朔がはっとした様子で、私から身体を離した。その視線は、私の肩に注がれている。

「朔？」

「その肩はどうした。血が滲んでいる」

「嘘っ」

慌てて肩に触れると、寝間着が湿っていた。同時に鉄さびの匂いが鼻腔《びくう》を掠《かす》め、私は恐る恐る手を見た。そこには、赤い血が付着している。

「まさか、あの化け物に肩を掴まれたときに――」

まだどこか、夢だと思いたい自分がいた。でも、自覚した途端に肩がひりひりと痛み出す。いよいよ、あれは現実だったのだと認めざるをえなくなる。

「まずは身体を拭いて傷の手当てだ。それから着替えも用意しよう」

黒が湯の入った桶を抱えてやってきた。私のそばに膝をつき、桶に手ぬぐいを浸したり新しい寝間着を置いたり、いろいろとセッティングしてくれる。

「あとは俺がやる。お前たちは交代で神宮周辺に妙な気配がないか、番をしろ」

朔が指示を出すと、白くんと黒は「は！」と片膝をつき、トラちゃんも「任せとけ！」と両の拳を握った。

みんなが部屋を出ていくと、朔は私の浴衣に手をかける。

「雅、服を脱げ」

「うん、わか――ここで!?」

「その怪我では腕を挙げられないだろう。自分で身体が拭けるのか？」

拭けないけども……本気？　いや、正気？

絶句していたら、朔がなにかを察したようで「あ」という顔をした。そしてすぐに、意地の悪い笑みを浮かべる。

「なんだ、恥じらっているのか？」

「――なっ、当たり前でしょ！」

顔が熱い。どうせ、子供みたいだと思っているんだろう。なんだか、負けてはいけない戦いにKO負けした気分だ。

「俺たちは夫婦だぞ、今から慣れておけ」

「みんなはどうだか知らないけど、少なくとも私は、夫婦でも素肌を見られるのは恥ずかしいの！」

「そうか、だが諦めろ。お前のために、なにかしてやりたいんだ」

声音が優しい。朔は少しも照れる素振りを見せず、むしろ恥ずかしがって駄々をこねる私を困ったやつだと言いたげな眼差しで見つめている。

くすぐったい……。ずっと一緒にいるのに、朔の見せる表情のひとつひとつに、いつまで経っても慣れない。

胸に手を当てれば、鼓動がとくとくと密かに激しく音を立てている。

「雅、俺をいつまで待たせるつもりだ」

「わかってる！　せ、急かさないで」

私は朔に背を向けると、ゆっくりと帯を緩め、浴衣を肩からずり下ろす。その間に朔が手ぬぐいをしぼってくれた。

少しして、心地いい熱さが背に触れる。

「熱くないか」

「へ、平気」

それよりも、労わるように優しく汗を拭っていく手ぬぐいの感触と、ときどき肌を掠める彼の指にいちいち心臓が反応して困る。

「朔ってずるい」

「なにがだ」

「私は今ここで消えてしまいたいくらい恥ずかしいのに、朔は全然……その、照れてないし」

「消えられたら困る」

吐息が肩にかかり、肌がちくちくと疼いた。体温がカーッと上昇するのを感じてすぐに、柔らかななにかが押しつけられ、熱い舌が傷をなぞる。

「いっ、つ……」

鋭い痛みが走り、思わず唇を噛んだ。

「朔、なにして――」

「忘れたのか？　俺が舐めれば傷を治せる」

「そういえば……」

前に頬の傷を舐めて治してもらったことがある。あのときは、私の血液から力も吸収できるから一石二鳥だって言ってたっけ。

「私の血を舐めなくても、朔は十分強いでしょ？」

「血が欲しいわけではない。ただ、俺の妻を死なせたくないだけだ」

朔の声がどこか弱々しい。男に攫われそうになったことといい、朔には心配ばかりかけているからだろう。

「大げさだよ。私はこれくらいで死んだりしない」

安心させたくて、さも気にしていない風を装った。

浴衣を手繰り寄せ、前を隠し、私は意識して口角を上げながら朔を振り向く。その顔は想像以上に思い詰めていて、『大げさ』なんて軽々しく口にしたことを後悔した。この無神経！と自分を殴りたい。

「ただの傷ならな。だが、あやかしや神がつけたものなら甘くみるな。ただでさえ人は脆い。なにが引き金となって死に至るか、わかったものではない」

「心に留めておきます」

「そうしてくれ」

朔はしばらく私の肩口に顔を埋め、それから新しい浴衣を着せてくれた。

やがて、朔が桶を手に立ち上がる。部屋の入口に向かって離れていくその背に、慌てて声をかけた。

「いっ、いろいろ……ありがとう」

もう少し一緒にいたい。ほら、あんなの見ちゃったあとだし、怖いっていうか……。ううん、それは建前だ。白状しよう。本当は、朝も昼も夜も朔のそばにいたい。そんなわがまま言ったら、『今、何時だと思っている』って、また嫌な顔されるかな？

「えっと……じゃあ、おやすみ」

悶々と考えた結果、口から出たのは無難な言葉だった。

……はあ、意気地なし。でも、これできっとあってる。もう、朔から拒絶されたくないから。

白くんと黒、トラちゃんにも明日、お礼を言わないとな……。

そんなことを考えていると、朔は部屋の前に桶を置き、なぜか私のところへ戻ってきた。

「朔？」

不思議に思って朔を見上げる。

「もう少し、向こうへ行け」

朔は素知らぬ顔で私を押しやり、布団の中に入ってきた。

「ちょっ、ちょっと！　まさか、ここで寝るつもり!?」

「そのまさかだ。大人しくしていろ」

身体を起こしたまま固まっていると、朔の逞しい腕に引き寄せられる。

「うわっ」

ぽすんっと布団に倒れ込んだ私を、朔は後ろから包み込むように抱きしめた。背中に感じる自分以外の体温に、荒ぶった心音が鳴りやまない。

「きょ、今日は部屋に戻れって言わないんだ?」

ドキドキしているのを悟られたくなくて、口から出たのは可愛げのない言葉。どういう風の吹き回しかは知らないけれど、添い寝してくれることに喜びを覚えている。

それなのに、どうしてあの日のことを持ち出したりしちゃったんだろう。素直になれない自分が恨めしい。

「こんな目に遭ったお前をひとりにするほど、俺は甲斐性なしではないぞ。それに、お前を狙う輩は夢にも現れるようだからな。こうして、守っていてやる。何人たりとも、お前には触れさせません」

抱きしめる腕に力がこもる。

朔は別々に寝る理由、夜に部屋を訪ねると不機嫌になる理由を話してはくれないけれど、その言葉と腕が私を大切に想っていると伝えてくれている。

今は、それだけで十分だ。

そう思ったら、素直に甘えられる気がした。

「朔と、ずっとこうしたかった」

背後で朔が息を呑む気配がする。抱きしめられるのが、前からじゃなくてよかった。なにかに狙われてるってときに、緩んでしまう顔を見られなくて済む。

私はここぞとばかりに、お腹に回った朔の手に自分のそれを重ねた。大きくて、温かくて、いつも私を守ってくれる手だ。

それに安堵して、徐々に瞼が重くなっていく。私は眠りの海に沈みかけていたが、これだけは言わなければと、なんとか口を動かす。

「添い寝、嬉しい……。ありがとう、旦那様……」

もう、自分でなにを言っているのかよくわからなかったけれど。

「俺が嫁だの、妻だのとお前をからかうことへの意趣返しか？　だが、悪くない。お前から〝旦那様〟と呼ばれるのは――」

夢と現の狭間で、朔の愛しさに満ちた声音が響いた気がした。

＊＊＊

翌日、私は朔と本殿の最奥にいた。

屋根も天井もない、青空が見える中庭。その中央には、太くしっかりとした幹に神垂《しで》つきのしめ縄が巻かれている桜の木がある。これが桜月神社のご神木で、境内の桜と同じく季節関係なしに咲き続けている。この淡い光を放ちながら舞う、桜の花びら一枚一枚が参拝客の願いを朔に届けているのだ。

私はここで、ときどき朔の『願いを叶える仕事』を手伝っている。

正確には人が自力で願いを叶えられるよう試練を与え、導いている。それを乗り越えてこそ、願いが叶う叶わないに関わらず人は成長するから。

今日はどんな願いと出会えるだろう。

腕を伸ばして、手のひらにひらりと舞い降りてくる桜の花びらに耳を近づける。

『愁《しゅう》おじちゃんの呪いが解けますように――』

「え……呪い？」

聞こえてきたのは男の子の声。その内容に耳を疑わずにはいられない。

言葉の綾だろうか？　例えば、嫌なことばかりが立て続けに起きたから、呪いみたいだと思ったとか。なにかを比喩したのかも。

「願い主は九条凛《くじょうりん》か。十歳の人の子が口にするような単語ではないな」

先ほどの願いは、朔にも聞こえていたらしい。私の手の中にある桜の花びらを指先で柔らかく摘み、自身の手の中に閉じ込めた。

「今日はこれで終いだ。お前は部屋に戻れ」

「終いって……その子が言ってた呪いうんぬん、調べなくていいの？」

しかもまた、『部屋に戻れ』だ。急に理不尽すぎる！

私はそそくさと背を向け、本殿の出口に向かって歩き出す朔のあとを追う。

「もしかしたら、あやかしとか神様が関係してたりするかもしれないのに！」

「だとしても、お前には関係のないことだ」

「はあ!?」

いよいよ我慢できず、口が悪くなってしまった。

「納得いかない。その花びらの願いを聞いたのは、私なんだよ？　最後までちゃんと、責任持ちたい！」

言い募る私と、無言を貫く朔。私たちの温度差と心の距離は、今や北極と南極くらいあるだろう。

「ねえ、中途半端に終わらせたくないの！」

言い合いをしながら、朔を追って居間に入ると、休憩中だったのか白くんと黒がいた。白くんの膝の上には、小鬼姿のトラちゃんが蹲《うずくま》って寝ている。手遅れかもしれないが、私はとっさに口を噤《つぐ》んだ。幸い、まだ眠りの世界にいてくれているようだ。

「トラちゃん爆睡？　もしかして、寝ずの番をしてくれてたから？」

起こさないように注意しながら、私は声を潜めつつ尋ねた。

「うん、今日は僕が担当だよ！」

「そっか……みんなにも迷惑かけちゃって、ごめんね」

私は白くんの前に座り、トラちゃんの頭を指先で撫でる。

すやすや気持ちよさそうに寝ちゃって……。でも、ありがとう。私はここに来て、本当に本当に大切にされてる。

朔と結婚するまで、私の居場所はどこにもなかった。生まれてくる世界を自分だけが間違えたんだとさえ思っていた。

でも、ここが私の帰る場所だと思えるようになった。それなのに迷惑……は、なかったかな。今さら、他人行儀な言い方だったと反省する。

「さっきの訂正。みんな、ありがとう。私のこと守ってくれて」

先ほどの自分の発言を撤回すると、白くんがふにゃっと笑った。

「どういたしましてだよ、雅様っ」

「俺たちがしたくてしていることだ。礼は必要ないが、その気持ちだけは受け取っておく」

黒はそう言って切れ長の目を和らげたあと、すっと私の耳に顔を寄せてくる。

「それで……朔様の、あの機嫌の悪さの原因はなんだ」

あ、朔のこと忘れてた。さっきまであんなに怒ってたのに、私も現金だな……。なんて思いながら朔を見やった私は、反射的に「ひいっ」と悲鳴をあげた。

だって、黒い微笑を浮かべながら佇んでいるんだもの。

「そ、それがね。ご神木の桜が妙なお願いを運んできたの。『呪いが解けますように』なんて、なにかありそうでしょ？」

蛇に睨まれた蛙のように萎縮しつつ事の顛末を話すと、黒は片方の眉を訝しげに上げた。

「あやかし関連か？」

「それを確かめたいんだけど、お前には関係ないことだから部屋に戻れって朔が」

「なるほど、そのときの光景が目に浮かぶな」

黒が軽く息をつき、背筋を伸ばすと朔の方へ向き直った。

「これから、調査に向かわれるんですね？」

「えっ、調査って……朔、あの子が言ってた呪いのこと、調べに行くの？　だったら、私も連れ――」

「ダメだ！」

私の言葉尻に被せるように、朔は語気を強めて突っぱねる。その剣幕に圧倒されていると――。

「朔さんよー、まあ落ち着けって」

聞き覚えがある声がしたと思ったら、目の前に水の輪が現れた。かすかに酒の香りが漂い、中から酒利さんが現れる。

その姿を見るや否や、朔は心底不愉快だという顔をして、吐き捨てるように「即刻帰れ」と言う。

でも、酒利さんは痛くも痒くもないんだろう。朔には目もくれず、私のところへやってきた。

「雅、ヘタレ夫を持つと大変だな。やっぱり、俺に乗り換えたほうがいいんじゃないか？」

「酒利さん、昨日から気になってたんですけど」

「なんだ、妻の座は空いてるぞ。もちろん、雅のためにな」

——そんなの、これっぽっちも興味ない。

「昨日も今日も昼間っからここに遊びに来て、大丈夫なんですか？　ちゃんと仕事してます？」

酒利さんにはサボり癖がある。また、気まぐれに働いたかと思えば見返りに女を侍《はべ》らせて宴会を夜通し開いたり、とにかく従者泣かせな神様なのだ。

「信用ないねー、俺」

「前科があるので」

「大丈夫、大丈夫。やるべきことはやってるからさ」

……不安だ。不安要素しかない。

でも、今は酒利さんのことより朔だ。なんでそんなに、私を連れて行きたくないんだろう。危険に巻き込みたくないからだとしても、これまでの朔なら『俺がついていれば大丈夫』、それくらいの余裕を見せていたはずだ。

「朔が焦ってる理由が知りたいか？」

「え、酒利さん、なんで私の考えてることがわかったんですか？　あ、神様パワーですか？　プライバシーの侵害です」

「ぱわー……、ぷらいばしい？」

「あ、神様の力で心を読まないでって意味で……」

「いやいや、俺にはそんな力はないって。それだけ朔をガン見してたら誰でも気づくから」

「うっ、そんなに見てましたか、私……」

「おうおう、見てた見てた」

やだ、恥ずかしい。今度から気をつけよう。

頬を押さえる私を酒利さんは微笑ましそうに眺める。けれどすぐに、その笑みは好戦的なものへと早変わりした。

「朔に余裕がないのは、雅を狙ったのが陰陽師《おんみょうじ》だからだ。そうだよな、朔ー？」

「陰陽師って……あの陰陽師?」

今の時代もいるの!?

驚きだ、平安時代とかならまだしも、この現代日本にいただなんて。

でも、衝撃を受けているのは私だけだった。みんな、その存在どころか、私を狙う者が陰陽師であると知っても動じていない。

「雅が想像してる陰陽師がどんなのかは知らないけど、あやかしや神を術で操れる霊力の高い人間。それが陰陽師だよ」

思い出すのは、藤姫《ふじひめ》のこと。千年前の奇跡の魂の持ち主で、京の貴族の家に生まれた女性だった。陰陽師は彼女を捕らえ、傀儡《くぐつ》の術と呼ばれる力で身体の自由や意思を奪った。そして、その魂を糧にあやかしを思いのままに操ったのだ。

「札を使うのは、陰陽師くらいだからなー」

私を攫おうとした男が、札とともに消えた光景が蘇る。

あの人も、私を傀儡にしてあやかしを操ろうとしたってこと?

「意思ある者を術で縛り、無理やり従わせ、その力を操る。あのような外道に雅が目をつけられた。目立つ行動は控えるに越したことはないだろう」

朔が用心深くなっているのは、旧知の仲である鬼丸《おにまる》の件があったからかもしれない。

鬼丸は藤姫を愛していたあやかしで、陰陽師への憎しみから京の都を襲った鬼だ。朔は人間を守るために、幾度となく鬼丸と戦ってきた。ある意味、朔は奇跡の魂を持つ人間と添い遂げる難しさを鬼丸を通して見てきたことになる。朔は私を大切に想ってくれているからこそ、できるだけ危険から遠ざけたいんだ。

「だったら、俺は雅と留守番でもするかなー。お前が離れてる間に、俺が雅を好きにしても、すぐには飛んでこれない。これは好機としか言いようがないな」

朔を煽るように、酒利さんが私の肩を抱いた。

「ちょっと、酒利さん」

その手から逃れようとしたとき、酒利さんは私の耳元に唇を寄せる。

「まあまあ、ここは俺に任せなさい」

「え？」

目を瞬かせると、小声で囁いた酒利さんが茶目っ気たっぷりに片目を瞑った。

任せてって、なにを？

困惑しつつ、私は酒利さんの出方を見守ることにした。

「俺にその手首から下、斬り落とされたくなければ、さっさと雅を離せ」

「朔、雅の身体だけ守っても意味ないぞ。大事なのは心も、だろ。夫婦だからなにをしても、なにを言っても絶対に離れていかないなんて高をくくってると、痛い目見るからな」

「お前に言われずとも、わかっている」

ズカズカと近づいてきた朔が、私の腕を掴んで引く。

「うわっ」

前のめりになって、朔の胸に飛び込んだ。そのときにぶつけてしまった鼻が、じんじんする。

酒利さんは手をひらひらさせながら「本当かねー？」と懲りずに朔を挑発していた。

「あの、朔様？」

白くんが朔の前に、てててっと駆け寄る。彼の両手で包まれているトラちゃんは、相変わらず爆睡中だ。

「僕も雅様を守るから！　だから、雅様を連れてってあげて！」

本当は私が朔を説得しなきゃいけないのに……白くんには頭が上がらないな。

私のために必死になっているその姿を見ていたら、じんときた。

「朔様、白が出すぎた真似をして、申し訳ありません」

黒が慌てて白くんの隣に並び、その頭を片手で押さえながら下げさせる。そして、自分も弟の非礼を詫びるようにお辞儀した。

「ですが、俺からもお願いします。雅様らしく過ごされることが、朔様の願いでもあったはずです」

「守り方を間違えるな、と……お前たちはそう言いたいのか」

従者たちの沈黙を肯定ととったのか、朔は私を複雑そうに見下ろす。

「ごめん、朔。私が行っても、きっと迷惑かけちゃうことのほうが多いんだと思う。だけど――」

ぐっと拳を握りしめ、私は朔の瞳をまっすぐに見つめ返した。

「もう、誰かに関わることを諦めたりはしたくないんだ」

あやかしや神様が見える人と見えない人。その間に隔たる大きな壁は、どうしたってなくならない。理解し合うなんて無理なんだって、私は誰かと歩み寄ることを諦めていた。

友達とも家族とも同僚とも、誰とも繋がらない。どうせ気味が悪いって拒絶されるなら、お互い踏み込まない。それがいちばん楽で、傷つかずに済む方法だったから。

だけど、桜月神社のみんなが私を受け入れてくれた。ありのままの私でいていいのだとそう思えるようになって、欲が出てしまったんだと思う。こんな私でも、こんな私だからこそ、必要としてくれる人がいるんじゃないかって。

「私は踏み込みたい。私に願いを預けてくれた人たちの想いに、もっともっと関わりたいの。もし、あの子が困っていることがあるとしたら、なんとかしてあげたい」

「そのお人好しは雅の美点だが、俺にとっては弱点でしかない」

「弱点?」

「今回、お前を行かせたくない理由がもうひとつある」

朔は握りしめていた右手を開いた。その手のひらには、あの男の子の願いが宿った桜の花びら。

「九条凛の気配を探っていた。だが、その居場所が問題だ。昔、朝廷から命を受けた陰陽師が占いや天文、時や暦の編纂《へんさん》を行っていた陰陽寮《おんみょうりょう》……そこに例の子供の気配がある」

「じゃあ、私たちがこれから行こうとしてるのは……」

「お前を狙った陰陽師の腸《はらわた》。飛んで火にいる夏の虫、とはこのことだ」

そっか、だから朔は頑なに私を置いて行こうとしたんだ。それならそうと、話してくれればいいのに……水臭いったらない。

「雅、それでも意思は変わらないか」

「うん、変わらないよ。朔のそばにいる。それがいちばん安全だって、私は知ってるもの」

私は朔の肩口に顔を埋めた。ふんわりと香るのは桜の甘い香り。出会ったときから変わらない朔の匂いを胸いっぱいに吸い込んだ。それから、その腕に手を添えて、感触を確かめるように何度か握る。

朔はこの腕で、匂いで、体温で、いつも私を守ってくれた。私が安心できるのは、この人の隣以外ありえない。

「私を心配してくれてるなら、なおさら連れてって」

「……神とて、万能ではないのだぞ。ひとたび失われた命を蘇らせることは、俺がどんなに願おうともできない」

珍しく弱気な言葉だった。ここのところずっと、朔はこんな調子だ。

「朔、そうならないために、私は一緒にいようって言ってるんだよ。大丈夫、これまでだって朔は私を守って――」

「軽々しく言うな！」

声を荒げる朔に、私だけでなく他のみんなも息を呑んだのがわかる。トラちゃんも『なにがあったんだ⁉』と、飛び起きた。

本当にどうしちゃったの？　朔……。

「不安なことがあるなら話して」

夫婦なのに、朔の気持ちがまったくわからない。本音の尾を掴めたと思ったら、すぐにこの手をすり抜けていく。そしてまた、新しい私の知らない朔の感情を見つけては不安になる。その繰り返しだ。

お願いだから、私を置いてきぼりにしないで。

朔の着物の袖を握りしめる。朔は苦しげにくっとうめき、私から逃れるように背を向けた。その拍子に離れた手が空気を掻くと、胸に虚しさが押し寄せてくる。

「……なぜ、わからない」

「朔こそ、どうして一緒に背負わせてくれないの？」

手が届く距離にいるのに、朔を遠く感じる。

察してくれ、わかってくれ。私はエスパーじゃないって言ったのに。世界でいちばん大切な人の気持ちが見えない。

これ以上、どんな言葉で彼を納得させればいい？　その問いの答えが見つからずにいると、朔は深く息をつく。

「……同行は許可する」

渋々な言い方だった。留守番でなくなったのだから、ここは喜ぶところなのだろうが、万事上々とは言い難い。結局……私の我を通しただけで、朔の心を納得させることはできなかったのだから。

気持ちがすっきりしないまま、朔を見る。朔は手のひらの桜の花びらに、ふっと息を吹きかけた。それは光を放ち、ふわっと宙に浮く。

「白、黒」

それだけで主人の意図を察したふたりは、巨大な犬の姿に早変わりした。朔が黒の背に乗るのを眺めていると、白くんが私の前に来て屈む。

「朔様は、あの花びらに道案内させるつもりなんだ。だから雅様も僕に乗って」

「う、うん。よろしくね、白くん」

私は彼の白い毛並みを撫で、その大きな身体によじ乗る。

すると、すぐ背後で「よいしょっ」と声がした。勢いよく振り向けば、ちゃっかり酒利さんが座っている。

「酒利さんも来るんですか!?」

「雅を嫁にしろって、従者たちからも口酸っぱく言われてるんだよねー、俺。だから口説き落とすまでは通い詰めて、雅に密着しないとなんないわけよ。それに……」

酒利さんの視線が朔に向けられた。

「今のふたりを置いていくのは、さすがに……ね」

朔に邪険にされても、酒利さんはめげない。

実は私を口説きに来たというのが建前で、朔とあれやこれや軽口を言い合うのを楽しみにここへ来ているんじゃないかとさえ思う。

「酒利さんって、実は朔のこと大好きですよね」

「雅、それはないだろー。俺は男に興味ないぞ？　生粋の女好きだからな」

またまた、嘘ばっかり。本当は私たちのことを心配してくれてるんだ。でなきゃ、根は怠け者で飲んだくれの酒利さんが、陰陽師が関わっているかもしれない面倒事に首を突っ込んだりはしない。

「生粋の女好きは、自分で自分のことを女好きなんて言わないと思いますよ」

「んー、どうして?」

「女好きって言った時点で、女の人が引いちゃうことを知ってるはずですから。正直には言わないいんじゃないいかな。都合のいいところだけをアピールして、自分を飾り立てるはずです」

「おー、恐ろしい分析力だ。これは、夫婦になったら浮気も速攻で露見しそうだな」

酒利さんは肩を竦《すく》めると、私のお腹に腕を回した。

「おい! 雅にやらしい真似したら、まる焦げにするからな!」

私の肩に、トラちゃんが飛び乗る。

「雅、また攫われたりしないように、俺がそこの変態じじいを見張ってるから安心しろよ!」

「でもトラちゃん、昨日寝てないんでしょ? 休んでたほうがいいんじゃ……」

「こんなときに寝てられるか! 今の雅と朔のバカ野郎は目が離せないからな」

これは私たち夫婦の問題。だけど、みんなが自分のことのように気を揉んでくれている。見守られている。それが心強かった。

＊＊＊

桜の花びらに連れられて、私たちは陰陽寮へやってきた。

「わあ……おっきな家！」

空中から立派な松の木に囲まれた日本家屋を見下ろす。敷地内には主屋や蔵がいくつもあり、なにより広大な庭園が存在感を放っていた。池には朱塗りの立派な橋がかかり、その周囲には季節の移り変わりを感じられる草花。それを昼夜問わず楽しめるよう灯籠が設えられている。これは家というより、まるで御所だ。

「雅、これを飲め」

酒利さんが後ろから、ひょうたんを差し出してくる。

「また、私を小さくするつもりですか？」

酒利さんの神酒には穢れを清めるだけでなく、飲んだ者を小さくする力もある。前に私も、その被害に遭った。というのも、朔の嫁に興味をもった酒利さんが、私を自分の嫁にするために攫おうとして飲ませたのだ。あのときのことは、ややトラウマだ。

「そうそう。できるだけ気配を消したほうがいい。小人の姿で、酒の匂いがぷんぷんする俺の懐にでも隠れていれば、陰陽師が使役する神やあやかし程度の鼻ならごまかせる」

「そういうことなら」

私は酒利さんのひょうたんに口をつけ、思い切って中身を呷った。酒が喉を通過していき、身体がカッと熱くなる。

うう、この感覚、二度目なのに慣れないな。

全身が光り出し、頭がぼんやりし出した。灼熱感が徐々におさまるのに合わせて、私の身体も小さくなっていき、肩に乗っていたトラちゃんとともに宙に投げ出される。

「うおあっ」

「きゃあああっ」

私たちは町が一望できる高さにいる。ここから落ちたら、ひとたまりもない！

地面に叩きつけられるのを覚悟したとき——。

「おっと」

大きな手が私の身体を包み込む。間一髪のところで、酒利さんが私とトラちゃんをキャッチしてくれたのだ。

あ、危なかった……。

酒利さんの懐に入れてもらい、事なきを得た私とトラちゃんは、顔を見合わせて胸を撫で下ろした。

「今回は十時間くらいで、元の姿に戻れるようにしたからな」

「そんなことができるんですね」

「おう、濃度を変えればな」

酒利さんと話していると、白くんが私たちを振り返る。

「地上に降りるみたいだよ！」

高度が急速に下がり、地面に到着すると白くんと黒は人型に化けた。

みんなで立派な門の前に立つ。中から袴姿の人が出てくるが、私たちには気づかずに通り過ぎていった。隣でその様子を見ていたトラちゃんは、唖然としている。

「こいつら陰陽師じゃないのか？　俺たちが見えてないみたいだぞ」

「だとしたら、誰か見えるようにしないと。九条凛くんを探せない」

本来ならば神様やあやかしは、いわゆる霊感がある人にしか見えない。けれど、力の強い神様やあやかしは、自分の存在を霊感がない人間にも認識させることができる。

本当なら人間の私が適任なんだろうけど、狙われてるからできないし……。

どうするつもりなのかと朔を見るも、陰陽寮の彼らに姿を現す気はないらしい。桜の花びらに誘われるまま、門の中に入っていく。

みんなで庭園にやってくると、池にかかった橋の上に男の子がいた。花弁は空を見上げている彼の周囲をくるりと回り、ゆっくりと地面に落ちる。

「あれが九条凛でしょうか」

黒が朔に問うが、答えは予想外な方向から返ってくる。

「あの、あなた方は？」

男の子だ。私たちを見て目を丸くしている。

あの子、朔たちが見えてるの？

これまで、私たちの存在に気づく陰陽寮の人が誰もいなかったので驚いた。

「陰陽寮にも、そこそこ力のある者がいるようだな。桜月神社の奉り神、朔だ。九条凛、お前の願いに関して、二、三、確認させてもらおう」

朔が男の子――九条凛くんに近づく。私たちもそのあとを追って橋を渡り、凛くんの前に立った。

改めてその姿を見れば、烏《からす》のごとく黒い袴。両胸の辺りに五芒星《ごぼうせい》の金糸の刺繍が入っている。そういえば、陰陽寮ですれ違った人はみんな、彼と同じ格好をしていた。

「お葬式でもあるの？」

疑問がぽろっと口をつく。

「えっ、今、女性の声が！」

凛くんが、きょろきょろと辺りを見回した。

酒利さんが懐に隠してくれてるのに、つい声出しちゃった！

しまったと思ったときには、すでに時遅く……。酒利さんの懐におさまる私に、凛くんのガラス玉のように澄んだ瞳が向けられていた。

私の失態に、酒利さんは苦笑を浮かべて「あーあ」と頭を掻く。

黒とトラちゃんは額を押さえて呆れていた。

白くんは自分の両耳を押さえて、ちらちらと怯えるように朔のほうを見ている。朔の背から無言の怒りが伝わってくるからだ。

朔が怖い……。でも、私が悪い。これじゃあ、小さくなった意味ないし……。

とはいえ、後悔してももう遅い。私の存在がバレてしまったのなら、あとは凛くんの願いを最初に聞いた者として、責任をもって呪いのことを聞こう。

「あの、凛くん。私たちは呪いのことを詳しく知りたくて、ここに来たの」

呪い、の言葉に凛くんの顔色が変わる。

「愁おじちゃんのこと……ですね？」

複雑な事情があるのか、凛くんはそれっきり唇を引き結んでしまった。

話しにくいことなのかな。

その強張った表情を見て、単刀直入に聞きすぎたかもと反省する。

突然現れた他人に、込み入ったことをおいそれと話せるわけがないよね。

警戒心を解くためにも、私はなるべく明るい声で、凛くんが答えやすそうな質問をすることにした。

「凛くんも、陰陽師なの？」

「あっ、いえ……違います。陰陽師は時が経つとともに血が薄れ、霊力を持つ者は減っていきましたので。今では、この陰陽寮にひとりしかいません」

年齢の割に、大人びた口調。この子、神様や小さくなった私を見ても取り乱さないところとか、妙に落ち着きがあるな。

「なんだか、大人っぽいね、凛くんって」

「へ？　そ、そうでしょうか？」

凛くんは目をパチクリさせる。そういうところは子供らしい。

「うん、敬語のせいかな？」

「僕は安倍《あべ》家のご当主様に仕えているので……」

「ご当主様？」

「はい。陰陽寮唯一の陰陽師にして、遥か昔、最強の陰陽師と謳われた安倍晴明《あべのせいめい》様の血を継いでおられる、安倍家のご当主様です。この陰陽寮では安倍家の分家——九条家から霊力の高い者を選び、ご当主様に仕えるしきたりになっていまして。そのときに、ご当主様に失礼がないよう礼儀作法も教えられるのです」

凛くんは朔たちが見える。それだけで霊力が高いのはわかるけれど、こんなに小さな男の子が誰かに仕えるだなんて……。

「大変なお仕事なんだね」

「僕はご当主様の身の回りのお世話や儀式の準備を手伝っているだけなので、本当に大変なのはご当主様のほうです」

「儀式？　私、あまり陰陽師について詳しくないんだけど、そのご当主様はどんな仕事をしてるの？」

「飛鳥時代、天武天皇により設置された中務省《なかつかさしょう》には陰陽師たちが属していました。陰陽師は朝廷の命を受け、占いや呪い払いをしてきたんです。それは今の時代も密かに引き継がれ、祭儀の日取りや年号決めのときなど、政府から助言を求められます」

「なか、つかさしょう？」

聞き慣れない呼称だった。

日本の行政機関に、そんな名前の省あったっけ。

「今はもうありませんが、天皇の補佐、詔勅《しょうちょく》や宣下《せんげ》を記した公文書の公布、叙位《じょい》の是非を決定する。こういった朝廷の職務に関する全般を担っていた機関です」

親切にも、凛くんが教えてくれる。

――けど、どうしよう。全然、意味がわからない。

ぽかんとしている私に気づいたのだろう。見かねた酒利さんが解説してくれる。

「天皇の意思や命令を伝えたり、昇進を決めたりする場所ってことだけ覚えていればいいさ」

「ああ、なるほど！」

さすがは酒利さん。朔と同じで、千年も生きているだけある。

ようやくすっきりしたとき、視界の端に映る水面に違和感を覚えた。目を向ければ、雨が降っているわけでもないのに幾つも波紋が広がっている。

なにかいるの？

酒利さんの懐から身を乗り出して、池の様子を窺う。濁った苔色の水の中を泳ぐ黒い鯉が、どろりと溶けた。そう、昨日見た大蛇の身体のように。

「……！　酒利、池から離れろ！」

なにかの気配を察したのか、朔が叫ぶ。

「言われずとも！」

私とトラちゃんがいる懐を押さえ、酒利さんは大きく飛翔した。大地が激しく振動し、波立つ池からいくつも泥状の触手が伸びてくる。

「させるか！」

朔が腰の刀を抜き触手を叩き切るが、数が多かった。白くんと黒も巨大な犬になり、私たち目がけて迫ってくるそれに噛みつく。

「印《いん》――神酒大蛇《しんしゅだいじゃ》」

酒利さんがひょうたんの前に二本の指を翳《かざ》し、呪文を唱えた。すると、ひょうたんから噴き出したお酒が蛇のようにうねって触手を撃退していく。

「ここは、強制帰還するに限るってね」

酒利さんがひょうたんを円を描くように動かした。飛び出した酒が輪を作る。これは酒利さんお得意の空間転移の技だ。桜月神社までの道を繋いだのだろう。

そのとき、トラちゃんが慌てた様子で酒利さんの肩に上り背後を指差す。

「酒利、後ろだ！」

「しまっ――」

禍々《まがまが》しい闇の波が、私たちを飲み込んだ。閉ざされた視界と落下していく身体。やがて、バシャンッと背中が池の水面に叩きつけられるのがわかった。

「……っ」

あまりの衝撃に一瞬、息ができなくなる。鈍い痛みを背に感じながら、私は何度も腕をばたつかせた。

トラちゃん、酒利さん……！

水を掻く手に、あのどろっとした闇がまとわりつくのを感じる。

ふたりは大丈夫なの!?

トラちゃんたちの姿を探す。でも、どちらが天で地なのか、見失いそうなほどの漆黒が私を囲んでいて見つからない。

それに、さっきから池の底に辿り着かないなんておかしい。身体が小さくなったからとはいえ、深すぎる！

『苦シイ……アア、苦シイ……』

背後から声がして、私は弾かれるように水中で身体を反転させた。その瞬間、サーッと闇が左右にはけていく。少しだけクリアになる視界の先には、底の見えない深淵と――あの大蛇がいた。

『帰リ……タイ、ソノ力ヲ寄越、セ……』

大蛇の身体から闇の触手が勢いよく飛んできて、私の身体に絡みつく。

――嫌っ、離して！

強く拒絶すると、左手の甲が熱くなった。朔がくれた祝福の印が光を放ち、触手が掻き消えていく。だが、大蛇は倍の触手を差し向けてくる。光を覆うように私に巻き付き、解けない。

息が……、息ができないっ。身体の力が吸い取られていく。私、ここで死んじゃうのかな。怖い、まだ生きていたい。朔――。

朦朧とする意識の中で、ふと目の前を桃色の光が過ぎった気がした。その正体を確かめる間もなく、桜吹雪に包まれる。

これって……！

桜に触れた触手がどんどん消滅していく。私は背に回った桜に、一気に水面に押し上げられた。

光が近くなる。そこから、わずかな水しぶきとともに手が差し伸べられた。縋《すが》るように腕を伸ばし、その指にしがみつく。その刹那、勢いよく引き上げられた。

「ぶはっ」

酸素が肺の奥深くまで入り込む。優しい手に胸元へ誘われ、ふわっと香る桜に思わず涙がこぼれた。

「連れてなど、いかせるものか」

絞り出すような声。痛いほどに、私の背を押さえる手のひら。闇から私を掬い上げてくれたのは、紛れもなく朔だった。

「大事ないか、雅」

私はけほっと咳き込みながらも、首を縦に振る。

「うん、だけど……あの大きな蛇が池の底にいた……」

「大蛇が？　あれを夢に見たのは、陰陽師と接触した日だったな」

「う、うん」

朔と口喧嘩をして、トラちゃんと現世に行った日のことだ。そういえば、あの陰陽師に手首を掴まれたとき、嫌なものが流れ込んでくる感じがした。大蛇が私のところへ現れるようになったのは、あのときのこととなにか関係がある？

その答えは、思ったより早く出た。

「……そうか、大蛇の正体は陰陽師たちが使役してきた傀儡かもしれん」

ふたりで話していると、急に背筋がぞくっとした。嫌な気配が近づいてくるのを感じ、振り返ろうとしたとき――。

ザバーンッと、池から大蛇が私たち目がけて飛び出してきた。朔は片手で懐にいる私を押さえながら、後ろに飛び退く。

「「朔様、雅様！」」

白くんと黒が大蛇の首に噛みつく。

「よくやった、そのまま動きを封じていろ」

朔は刀を天へ掲げる。

「これは、あやかしも神も人も見境なしに襲うだろう。だから、常世へ還すこともできん。消滅させるしかあるまい」

その刀身が月光の如く青白い光を帯びる。朔はふっと息を吐きながら、刀を大蛇めがけて振り下ろした。

三日月のような斬撃が大蛇の身体を真っぷたつに叩き切る。だが、裂け目から幾重にも糸のようなものが伸び、身体を縫合し始めた。大蛇は、ものの数秒で元通りだ。

「……？　よもや、本体は別にあるのか。それでは消滅させるのは不可能。やむをえん、ここに封じ込めるほかない。酒利！」

「印、神酒に清め給え」

酒利さんが池にひょうたんの中身を一滴たらす。それから二本の指を唇の前に翳し、呪文を唱え始めた。

池の波紋が動きを止め、水滴が浮き上がる。

「かの地の穢れを払い給え——」

水は白く輝き、穢れが蒸発していくのが見えた。

朔は刀を円を描くように操る。輝く刀身から剥がれ落ちる光は、桜の花弁となって池に降り注いだ。

凛くんが目を輝かせながら、光る池を眺めているのが見える。

「わあ、綺麗……」

「一時的に浄化する」

朔が刀を横に薙《な》ぐと、池に浮いていた桜がブワッと穢れを連れて空へと消えていった。浄化が成功したのか、空気が澄んでいる。

「浄化は、その場しのぎにすぎない。大蛇の本体を叩かねば……。だが、傀儡らの恨みが強すぎる。雅の力をわずかに吸い取ったことで、力もつけたようだ」

「そんなっ、ならすぐに本体を探しに行かないと！」

「あれはここにいる陰陽寮の人間をひとり残らず食らうまでおさまらないだろうが、お前には関係のないことだ。深入りするな」

「そんなの無理だよ！　私の力を吸ったせいで、あの蛇が強くなってしまったなら、私にも責任があるもの！」

「責任、責任。お前はどうしてこうも、しょい込みたがる。他人の罪を背負う必要はないだろう！」

　空中で言い争っていたときだった。どんっと朔の背に大量の札がぶつかる。

「くっ……、陰陽術か！」

「きゃああっ」

　朔の懐から放り出された私は、真っ逆さまに池へと落ちていった。

「雅！」

　手を伸ばしながら、朔が私に向かって飛んでくる。だが、その背後から再び札が迫っていた。

「まったく、世話が焼けるやつらだな！」

トラちゃんが人型になり、金棒を天に翳す。空はみるみるうちに曇り、ゴロゴロと雷鳴が轟くと――。札めがけて稲妻が落ち、跡形もなく消え去った。

「このまま帰還する！」

朔は幾千の桜の花びらを纏い、逆さまのまま私を手のひらで抱き寄せる。視界は桃色の光に包まれ、私はきつく目を瞑った。

＊＊＊

凛くんから例の呪いについては聞けずじまいで、私たちは桜月神社へ帰ってきた。居間に集まったみんなの顔には、疲弊の色が窺える。いつもは涼しい表情をしているあの朔でさえ、覇気がない。それを見た酒利さんは、パタンッと床に仰向けに倒れ、にやりとする。

「朔、お前も歳なんじゃないかー？　瞬間移動ごときで、そこまでやつれた顔しちゃうなんてさ」

どういうこと？　瞬間移動なら、今までだって何度もしてたよね？　あの桜で、私をつらい場所から連れ去ってくれた。そのときは、今みたいにぐったりはしてなかったと思うけど……。

私が不思議そうにしていたからだろう。私を背に乗せている、子犬姿の白くんがこちらを振り向く。

「瞬間移動って人数が多いほど、距離が遠いほど、負担も大きいんだよ。神力《しんりき》も消耗するから、朔様は急ぎじゃないときは使わないんだ」

「じゃあ、さっきは私たちを助けるために……。私、なにも知らなかった」

きっとこれまでも、私の知らないところで朔は無茶をしてくれてたんだろうな。そういうことも、できれば話してほしいと思うのは自分本位すぎるだろうか。

「で？　あの大蛇はどうすんだよ」

トラちゃんが白くんの尻尾に寄りかかりながら、本題を切り出した。

いろいろあってみんな疲れてると思うけど、話し合わないとだよね。大蛇の本体、凛くんのおじさんにかけられたっていう呪い。せっかく危険を承知で陰陽寮へ行ったのに、なにも解決できてないし。

「早く手を打たないと、私のせいであの大蛇の犠牲者が出るかも……」

「お前のせいではない」

朔はそう言うけれど、あの大蛇に力を与えておいて負い目を感じないほど、私は神経図太くないつもりだ。

「あの陰陽寮の人たち、このままじゃあの大蛇に殺されちゃう。なんとかしなくちゃ！」

「俺たちを攻撃した札、あれは陰陽術だ。凛の話では、陰陽師はひとりしかいない。そして、そいつはお前を狙っている。それが明確になった」

「うん、そうかもしれないけど、それと大蛇をなんとかする話は関係ないでしょ？」

私を狙っていようと、陰陽寮の人たちの命が狙われているのなら助けなくちゃ。みんな、陰陽師としての力はないのだと凛くんが言っていた。もし陰陽寮唯一の陰陽師が不在のときに大蛇に襲われたりでもしたら、身を守れないはずだから。

「陰陽師は人や神、あやかし、それらの命をいたずらに傀儡にしてきた。これは因果応報だ。あやつらを救う価値があるとは思えん」

「なら、見殺しにしろって言うの？」

朔らしからぬ言葉だった。前に彼は、多くの神様が時代とともに廃れる風習と同じように、人を見守り導くという役目を忘却していったのだと話していた。でも朔は、他の神様が見放した人間をずっと慈しみ続けた。そんな朔が人を見捨てるような発言をするだなんて信じられない。

私は白くんの背から降りて、朔のそばに寄る。酒利さんの神酒で身体が小さくなったままなので、やたら距離が遠く感じた。

「本気で、あの陰陽寮の人たちがどうなってもいいって思ってるわけじゃないよね？

朔、朔の気持ちを聞かせて」

それでも、朔は頑なに口を閉ざしていた。私の問いに答えてくれなかったことに、ショックを隠しきれない。

「凛くんのことは？　もし呪いが本当なら、神様の力が必要なはず」

「人間は俺たち神に求め、願うばかりだ。そのくせ、祝福を授けても恩を仇で返すように、俺の大事な者を傷つける。そのような輩も、俺は救わねばならないのか？」

「人は、人の力じゃどうにもできないことがあったとき、最後の奇跡を信じて神様に祈るの。朔、お願い。その望みを断ち切らないで」

「……なんと言われようと、答えは変わらない。お前は部屋から出るな！」

朔は後ろを向いてしまう。その背中はすぐそこにあるのに、まるで逃げ水のようにひどく遠く思える。

「答えってなに？　私はなにも聞いてない！　勝手に自分の中だけで、大事なことを決めないでよ！」

私の声だけが居間に響いていた。それすらもやるせない。

「ねえ、朔！」

目の前の私を拒絶する背中に叫ぶ。けれど、願いは届かなかった。

「どうだ、雅ー。やっぱり包容力のある男のほうがいいんじゃないか？　こんな心の狭い男よりさ」

酒利さんが朔の前に立つ。

「朔よー、今回に限らず、これからも雅は寿命を迎えるまで狙われるって言っただろ？　死ぬまで雅を部屋に閉じ込めておくつもりか？」

「守るために必要ならな」

「おいおい、正気の沙汰とは思えないな」

ここまでへらへらしていた酒利さんだったが、その目が厳しいものに変わった。

「それって、陰陽師が雅を傀儡にするのと、なにが違うんかねー」

朔の眉がぴくりと跳ねる。

「……なんだと？」

「お前のしてることは、雅の意思を無視して自由を奪ってる。結果だけで見れば、同じことをしてるって気づいてないのか」

朔がどんな表情をしているかはわからないが、酒利さんの言葉に肩をびくつかせていた。

「朔、お願いっ……私、このままほっておけない！」

必死に食い下がってみたが、朔は拳を握りしめ、居間を出て行った。取りつく島もないとは、まさにこのことだ。

「なんでなの、朔……なんでわかってくれないの？」

私は両手で顔を覆い、その場にしゃがみ込む。

すると、私の心を映したかのように空が曇り出し、幾粒も涙を流し始めた。

「雅様、泣いてるの？　大丈夫？」

すぐに白くんが駆け寄ってきて、尻尾で私を包んでくれる。

あったかい、柔らかい、ほっとする。

そのふわふわの白い毛に顔を埋めると、黒の声が静かに頭上から落ちてくる。

「朔様は、前に鬼丸に呪いをかけられて、雅様が心を失ったときのことがまだ忘れられないのだろうな。心の傷になっているらしい」

鬼丸は藤姫を失った悲しみを思い出すからか、退屈を嫌った。だから本気で戦っても簡単には死なない朔に、しょっちゅう戦いを仕掛けていたらしい。

あの日も朔の嫁だからと、私に心がじわじわと消えていく呪いをかけた。朔が苦しむ姿を、気を紛らわすための余興とするために。

「朔様は、雅様の心が消えていくのをただそばで見ていることしかできず、何度も『俺はどうすればいい』と自分に問いかけていらした」

悲痛の面持ちで、黒はそのときの様子を話してくれている。そんな兄に気遣うような眼差しを送りつつ、白くんが言葉を継いだ。

「僕たちだって、まだ怖いんだ。心を失うのも、肉体を失うのも、死とそう変わらないから」

「ああ、また雅様を守れなかったらと思うと……保身的にもなる。その気持ちを理解して差し上げろ」

黒は朔が消えていった居間の出口を寂しそうに見つめていた。終わったと思っていたあの日の出来事は、今も朔たちの心に影を落としている。勝手に過去にしていた自分が浅はかだった。

重苦しい空気が部屋に満ちる。

トラちゃんはそれに耐えられなくなったのだろう。「かあーっ」と謎の叫び声をあげ、自分の頭を両手でガシガシと掻いた。

「まったく、犬も食わない夫婦喧嘩だな！　お前たちは難しく考えすぎなんだよ！　神だろうが、周りが見えなくなるくらい誰かを大事に想うこともあるだろ？　だから、今の朔には雅が助かる方法しか考えられないんじゃないのか？」

「そーそー、トラちゃんの言う通り」

割り込んだのは、酒利さんだった。

「おい、コラ、じじい！　お前がトラちゃん呼ぶな、気色悪い！」

「あのさー、前々から思ってたんだけど……。トラちゃん、俺に対してだけ扱いひどくない？　お年寄りにはもっと優しくしてよ、くすんっ」

「じじいがくすん言うな！　可愛くもなんともない！」

ギャーギャー騒ぐふたりに、黒の足が貧乏揺すりを始める。苛立ちが噴火するまでに、そう時間はかからなかった。

「お前たち、まとめて池に放り投げるぞ！」

あーあ、平和だなあ……って、あれ？　前にも同じことを思ったような……これってデジャヴ？

だけど、この和気あいあいとした空気にいい意味で気が抜ける。つい、ふっと笑うと、みんなはいっせいに安堵の表情を浮かべた。

「まあ、物事を複雑化したがるのは人も神もあやかしも同じってことで。雅、いろいろ体裁とか取っ払えば、男の思考回路は単純なんだ。だから、周りが見えてない朔に活を入れてやればいい。俺のときみたいにな」

「酒利さん……」

そうだね、ここでうだうだ言っってても朔の本心はわからない。何度かわされても、気持ちを確かめないと。

「行ってくる！」

みんなの励ますような頷きに背を押されて、私は白くんに朔の部屋まで運んでもらった。この小人の身体で移動したら、朔の部屋に辿り着くのに何時間かかるかわかったもんじゃない。

「入るね」

入ってもいいかお伺いを立てたところで、どうせ無視を決め込まれる。それが目に見えていたので、私は白くんに襖を開けてもらい、許可を待たずに中へ入った。

薄暗い室内。朔は窓際に座って、憂い顔で外を眺めている。私は頑張って！とエールを送るように見つめてくる白くんに小さく笑みを返し、朔に近づいた。背後で襖が閉まる音がして、もう逃げられないぞ！と自分を叱咤する。

「朔」

呼びかけると、朔はこちらを見ずに口を開いた。

「……神は平等でなければならない。だが、やはりお前はどの人間よりも特別だ」

ずしんっと重たい響きを持って、胸に迫る言葉。唇の隙間から「え……」という声がこぼれるが、あとが続かない。

「許されないことだとしても、お前だけがこんなにも愛しい。愛しさが溢れるのと同時に、お前を陥れようとする存在が疎ましくてたまらなくなる」

会ったら朔が話してくれるまで粘ろうとか、反応がなくても自分の気持ちはぶつけてこようとか、いろいろ考えてたのにな。

朔のほうから打ち明けてくれた。

本当だね、トラちゃん。神様だって、周りが見えなくなるくらい誰かを大事に想う心がある。だから今の朔には、私が助かる方法しか考えられないんだ。

「私を助けるために誰かを切り捨てたりしたら、傷つくのは朔なんだよ？」

「俺は平気だ」

「嘘！　だって朔は、人が信仰心をなくしても見守ることをやめなかった。誠実なあなたが誰かを犠牲にして、平気でいられるわけがないでしょう！」

奉り神は人に願われることで存在できる。逆に願う者が減れば、消滅してしまう。実際、私が桜月神社に身を寄せてすぐの頃、敵対していたトラちゃんの策略で朔は人の信仰心を失い、消えかけた。桜月神社を訪れた参拝客の願いとは、真逆の結果になるように暗躍したのだ。

人のために尽くしてきた朔が、人のせいで消えるかもしれない。そんな目に遭ったのに、人を大切に思う心を持ち続けた。

横暴で傲慢なのに、本当はすっごく慈愛に満ちた神様なのだ。

「朔が心を殺してまで、私を守ろうとしてるのがつらいの！」

声を荒げると、朔がようやく私を見る。

「なぜ！　黙って守られていられないんだ、お前は！」

朔の怒声に触発されて、頭に血が上るのが自分でもわかった。

「こ、このわからず屋！」

「それはこちらの台詞だ」

「どうして、私にも朔を守らせてくれないの！」

自分でもよくわからない怒涛のような感情が、涙と一緒に溢れてしまう。

お互いに胸に秘めていたものをぶつけてすっきりしたからか、私の声の余韻を最後に部屋には静寂が訪れた。

絶え間ない雨音が気持ちを落ち着かせてくれる。

「私たち、お互いに想い合ってるのにすれ違ってるね」

「守りたいからこそ、遠ざけてしまうところは似た者同士……なのだろうな」

見つめ合って、私たちは同時に笑みをこぼした。部屋の空気が軽くなり、朔が立ち上がる。まっすぐ私の前まで歩いてくると、目線を合わせるように片膝をついた。

「お前の心を優先してやりたい、できるだけ危険から遠ざけてやりたい。俺の中には、常に相反する気持ちが存在する。それを自分でも持て余してしまう」

朔の両手が私を掬い上げた。

「そんな風に想われて嬉しい。だけどね、私も朔を守りたいって思ってること、覚えていて。朔がなにかを我慢したり、自分を犠牲にしたりすると、私も傷つくの。私たちの心は、もうふたつでひとつだから」

「ああ、心に刻もう」

言葉が途切れ、朔の顔が近づいてくる。私も膝立ちになり、彼を迎え入れるようにそっと目を閉じた。

柔らかなそれが重なった瞬間、私は何度目かわからないほど自覚する。

——朔が好きだ。

傷ついてほしくないのに、守りたいのに、どうして無茶をするのか。支えたいのに、なんでなにも相談してくれないのか。いろんな感情に隠れてしまいがちだけれど、この想いがいつも根底にある。

少しして朔の唇が離れていき、私たちは再び見つめ合った。

これが朔との初めてのキスだった。口では『全身に口づけの雨を降らせる』とか言うくせに、これまで手の甲以外にされたことはない。口づけくらいで、と思われるかもしれないが、大好きな人との触れ合いに胸が苦しいほど高鳴っていた。

「朔、約束して。朔の中に、私を置いていくっていう選択肢は作らないって。どちらかひとりだけじゃなくて、多少無茶しても一緒にいられる道を進もう。どんなときも、なにがあっても、この手を離さないで」

私は朔の指に腕を回し、頬をすり寄せた。

「もう、背中を向けたりしないで。見送るのは、悲しいから」

「……参ったな」

朔は眉尻を下げ、心底残念そうに言う。

「今、無性にお前を抱きしめてやりたい」

「――なっ、もう！　また、私をからかってる？」

「冗談なものか。だが、その身体ではうっかり抱き潰してしまいそうだ」

「だ、抱き!?　も、もう朔は黙ってて！」

頬を膨らませ、照れ隠しに朔の指を叩く。

でも朔は、自分の手の中におさまる私を本当に愛しそうに眺めていた。

「怒っていても、お前への愛しさは増すばかりだな」

朔はふっと笑い、私の頭のてっぺんに唇を押しつける。

私だって、朔への好きが募るばかりですよーなんて。悔しいから絶対に言ってあげない。

二の巻　大蛇山《だいじゃやま》に眠るもの

翌日、牛車で向かったのは都の中心地。朱色の外壁に金箔の双龍が描かれた御宮《おみや》。さすがは人の苦しみを聞き、救いを与える観音菩薩《かんのんぼさつ》様のおわすところ。煌びやかで立派なこの建物へ来るのは三度目だというのに、私には敷居が高く感じられる。

鳥居の前には、すでに観音様の眷属である双子の男の子が立っていた。人間の年齢で言えば、見た目は十四歳くらい。

額の蓮《はす》の痣、桃色の目におかっぱ頭、背負った弓に白い狩衣装束《かりぎぬしょうぞく》。出で立ちも顔もそっくりで、私がふたりを見分けられるとしたら髪色だけかもしれない。

「門守《もんかみ》の朔様」

先に口を開いたのは、赤髪で双子の兄の炎蓮童子《えんれんどうじ》。

「それから雅様とその御一行様」

兄に続くように私を呼んだのは、水色の髪をした双子の弟——水蓮童子《すいれんどうじ》。ふたりは最後に声を揃えて、「「いらっしゃいませ！」」と角度までシンクロしたお辞儀をした。

思わず、おおっと拍手をしてしまう。

「観音様は元気？」

そう尋ねると、炎蓮が食い気味に返事をする。

「ええ、ええ！　今日は雅様がいらっしゃるので、特に元気なのです！」

「我が子に会えるのですから、当然です！」

水蓮も嬉しそうに、にこにこしていた。

観音様は私のことを、我が子も同然に可愛がってくれてるってことでいいのかな？

「それは嬉しいな。でも、観音様を元気にしてるのは炎蓮と水蓮だと思うなあ。ふたりと話してると、私は明るい気持ちになるもの」

「「雅様……」」

なぜか、炎蓮と水蓮が頬を赤らめる。

「出たな、あやかし神たらし」

私の肩に乗っていたトラちゃんが半目で見てきた。

「なに？　その、あやかし神たらしって」

――ちょっと噛みそう。

「そのままの意味だ。雅は無自覚で、いろんな神やあやかしたちをたぶらかしてる」

「ちょっ、やめてよ。人聞きの悪い！」

みんなでガヤガヤと話しているうちに大広間へ辿り着く。

「「観音様、朔様御一行をお連れしました」」

炎蓮と水蓮が襖を開けた。その先にあるのは畳が敷き詰められた大広間。金箔の上に描かれた龍の襖絵は、いつ見ても圧巻だ。その最奥、一段上がった床の一角を仕切る御簾。そこに映った人影の前に、私はみんなと並んで正座する。

「こんにちは、雅さん。また会えて嬉しいですよ」

初めて会ったとき、観音様からは父のような厳しさと母のように包み込む優しさを感じた。それは今も変わらない、観音様への印象だ。

「ここへ来た理由は存じています。大蛇の本体を探しているのですよね」

「あ……はは、観音様にはなんでもお見通しですね」

今朝、みんなで話し合ったのだ。大蛇の本体をただ闇雲に探すのでは非効率。なので、この世のすべてを見通すことのできる観音様の知恵を借りようと。

「あの大蛇の正体をひと言で表すのは難しいのですが、憎しみの集合体というのが近いのかもしれません」

「憎しみの集合体……」

それって、陰陽師へのってことだよね。

長年消えない染みのようにこびりついた、あの大蛇の声が脳裏にこだまする。

『許サナイ……許サナイ、許サナイ、許サナイ！』

思い出しただけで、全身が総毛立った。声を追い払うようにかぶりを振っていると、膝の上に置いていた左手の甲が温かくなる。まるで闇から引き戻すように、大きな手が私の手に重なっていた。

「大丈夫か？」

隣を見れば、朔の気遣うような眼差しとかち合う。

「へ、平気」

「お前の『平気』は信用ならん。あの大蛇のことを思い出したのか」

「なんでわかったの？」

「俺を誰だと思っている。お前の旦那だぞ」

旦那って！

恥ずかしげもなく堂々と言ってのける朔に、恐怖なんて一気に吹き飛んだ。

「おい、そこ！　惚気《のろけ》るなよな！」

トラちゃんのツッコミで、みんながいたことを思い出す。

今のやりとり、全部聞かれてたなんて……っ。

「穴があったら入りたい」

「ふふっ、おふたりは順風満帆《じゅんぷうまんぱん》のようですね」

御簾の向こうで、観音様が肩を震わせながら笑っていた。私はますます顔が熱くなって、俯く。

「もう、観音様まで……からかってますね？」

「ふふふ、でも、あなたが幸せそうでよかった。大蛇の話に戻しますが――」

緩みかけていた緊張感が観音様のひと言で引き締まった。

「望まず使役された傀儡たちは、憎しみで共鳴し合い、ひとつの集合体となりました。それがあの大蛇なのです。もはや陰陽師を根絶やしたとしても、彼らの無念は晴れない。この世の生きとし生ける者たちを食らい尽くすまで、殺戮《さつりく》を続けるでしょう」

あの蛇、そんな恐ろしいものだったの？　何度も遭遇して無事だった私は、運がよかったんだ。

「ですから、私は地獄を統《す》べる閻魔大王《えんまだいおう》とともに、大蛇を常世の鬼ヶ島にある山に封印したのです。世に出してはならない災厄として」

「でもさー、封印されてる割にあの蛇、現世も神世も行き来できてんですよねー」

さすがにお酒は飲んでいなかったが、酒利さんは観音様相手でもいつものラフな感じを崩さない。

「まさか、封印が解けちゃってるってことはないですかねー？」

「まだ、解けてはいません。ただ、綻びが出ています。誰かが封印を解こうとしたせいでしょう。今は大蛇の怨念だけが封印の外に出て、悪さをしている状態なのです」

誰がそんなことを？

そんな私の疑問を白くんが代弁してくれる。

「観音様、封印を解こうとしてる誰かって？」

「申し訳ありません。そこまではわからないのです。なにはともあれ、封印の修復が必要です。ですが、私は神世を見守らねばなりません」

神世は観音様が、常世は閻魔大王様が統治している。だから観音様も、ここをおいそれと離れられないのだろう。

「そこで、みなさんに頼みがあります。封印の様子を見に行っていただけないでしょうか」

「そういうことなら、迷うまでもないよ」

私はみんなの顔を見回す。

「あの蛇をほっておいたら、陰陽師どころか人間も神様もあやかしも危ないもの。だから引き受けよう」

ひとりを除いて、仲間たちは頷いてくれた。それを見届けた私は、隣に向き直る。まだもらえていない彼の返事を待っていると、ゆっくりとその唇が動いた。

「雅ならそう望むと思っていた。それに、俺も同じ気持ちだ。この先も皆でともにいるために、大蛇はここで叩いておかねばなるまい」

「じゃあ……！」

期待を胸に身を乗り出せば、朔が私の髪をくしゃっと握った。

「お前の選択は、俺の選択でもある」

朔は目元を和らげ、すぐに観音様へと視線を移した。

「封印の調査、お引き受けします」

「朔、みなさん、ありがとうございます。では、封印場所までは私が送りましょう」

観音様が腰を上げる気配がして、私たちも立ち上がる。

「うわっ」

正座していたからか、足が痺れてよろめいてしまった。そんな私を、すかさず抱き寄せたのは朔。さすが、旦那様は私のことをよく見ていらっしゃる。

「お手数おかけしました」

「お前の無鉄砲に比べたら、これくらい可愛いものだ」

「そういう朔は、意外と不器用だよね。私を好きすぎて、神様の役目に集中できないとか。そういうところ、可愛いと思いますよー」

「また意趣返しか」

場もわきまえず軽口を叩き合っていると、御簾のほうから声が飛んでくる。

「雅さんは、朔を好いているのですね」

「へ!?」

急になにを言い出すの、観音様!

そんなこと言ったら、うちの旦那様は水を得た魚みたいに生き生きする。主に、私をからかう方面で。

「どうなんだ、雅」

ほら、言わんこっちゃない。

朔はにやりと口端を吊り上げ、私をさらに抱き寄せる。挙句、顎まで持ち上げてきて、目線を逸らせないようにされた。

観音様の御前で、なにを考えてるんだろう、この神様は……。

「答えてみろ」

こうなったら朔は引かないので、私は早くこの状況を脱するためにも観念する。

「好きです、大好きです！」

ここまで来たら、やけくそだ。

酒利さんはヒューイッと口笛を吹き、白くんはにこにこしながら若干呆れている黒の腕に抱き着いている。トラちゃんはというと……。床の上で、いびきをかきながら寝ていた。

そんな私たちの様子を見て、観音様が微笑んだ気がした。

「奇跡の魂のせいで、あなたは人にも、あやかしにも神にも傷つけられたはずです。それでも、ここにいる者たちを好きでいられるのはなぜですか？」

「……？　私を傷つけたのは、ここにいるみんなとは別の者です。だからもし、どこかの神様に傷つけられたとして、同族だからと朔を嫌うことはありません。逆もしかりですよ。私は神様に恋をしたんじゃなくて、朔を好きになったんです」

観音様の質問の意図はわからないけれど、自分の考えをありのまま伝えた。

「雅さんは強いですね。たいていの者は裏切られたり、傷つけられたりすると、人そのもの、神そのもの、あやかしそのものを信じられなくなるものですから」

「確かに最初は、私を受け入れてくれる人なんてどこにもいないって、そう思ってました。だってほら、厄介事ばかり引き寄せてくるし。だけど、わかったんです」

朔に攫われて、桜月神社に来て、白くんや黒、トラちゃんと出会って。私はずっと欲しかった帰る場所を見つけることができた。

「世界のどこかに、きっと自分を必要としてくれる人はいる。そう信じ続けていれば、諦めなければ、欲しかったものは姿を現わしてくれるって」

「そんな風に頑張っている人間に、私たち神ができることはなんなのでしょうか」

「私の意見が役立つかはわからないけど、特別なことはしなくていいんじゃないかな。人間は弱いから、ちょっとしたことで挫《くじ》けてしまいがちです。だけど、神様にお願いすると、あともう少しだけ信じてみようって踏ん張れる。だから見守っていてほしい。心強いから」

観音様の求める答えだったかどうかはわからないけれど、沈黙はどこか柔らかい。

「やっぱり雅さんの選択は、私に新たな希望を見せてくれますね」

「え？」

「いいえ、お気になさらず。雅さん、これからもあなたを見守っています。あなたの辿り着く未来を、私も見届けたいから」

・

観音様の力で、私たちは常世へ飛ばされた。光に包まれて、次に目を開けたらもう目的地だった。

前に鬼ヶ島を訪れたときは、鬼丸と一緒だったな。

朔と戦うためだけに桜月神社を襲撃してきた彼を止めるには、その退屈を紛らわせる必要があった。そこで鬼丸が突き付けてきた条件が、常世へ一緒に行くことだったのだ。

でも、向かい方が散々だった。まるで穴に落ちるみたいにして急降下しながらだったので、今回は胃にも心臓にも優しくてありがたい。

「大蛇が封印されてる山って、これ？」

私は目の前に、巨人のようにそびえる山を見上げる。しとしとと降る雨粒が、いくつも頬に当たっては弾けた。夕暮れ時、あの燃えるような日の光は雲の向こうで鳴りを潜めている。山頂には霧のような薄雲が流れ、その輪郭とともに、そこに眠るものの存在を隠そうとしているようにも見えた。

「いやー、俺、常世とか初めて来たなー。常世の女って美人かねー？」

私が山を見上げてゴクリと息を呑んでいる横で、酒利さんは呑気に女のことを考えている。

「やめとけやめとけ、あやかしの女なんて。あやかしの俺が言うのもなんだけどな、いつ寝首かかれるかわからないぞ」

人型になったトラちゃんが金棒を肩に掛けながら呆れていた。

「悪い女って刺激的な予感がして、そそられるけどねー」

「ふざけるのは大概にしろ。遠足に来たんじゃないんだぞ」

黒は、まるで引率の先生だ。

緊張感がない彼らを咎める黒の眉間には、深いしわが刻まれている。一見素っ気なく思われがちの彼だが、面倒見がよくて苦労性なのだ。

「ここ、『大蛇山《だいじゃやま》』って言うんだって。ほら、ここ見て！　看板がある」

白くんが山の麓に立てられたなにかを、腰を屈めながら覗き込んでいる。古びた木製の看板だ。文字は消えかけているが、【大蛇山】と書かれているのがわかる。

ふと、みんなが話している間も静かな朔が気になった。

「さっきから黙り込んで、どうかした？」

「観音様は、すべてを見通すことができるはずだ。それなのに封印を解こうとしてる者の正体がわからないというのは、少しばかりおかしいとは思わないか」

難しい顔をしている朔に、言われてみればそうだなと思う。

「もし、観音様がなにかを知っているのに話さなかったとして。それにはなにか、理由があるんじゃないかな」

「俺が感じている違和感は、それだけではない。前から観音様がやたらと、お前を気にかけているのも引っかかっていた」

それは、私も不思議だった。会ってからそう経っていないのに、親身に私のことを案じてくれるのはどうしてなのか。

「でも、観音様は朔を助けてくれた」

神様は人の世界に大きく干渉すると力を剥奪され、命を操作したり、自らの願いを叶えると消滅するとされている。

それなのに朔は、鬼丸に心を消されてしまった私を助けたいと、自らの願いを叶えてしまった。

私の心は戻ったけれど、禁忌を犯した朔は消滅してしまって……。

絶望していた私に、〝時を巻き戻して過去をやり直す〟という希望をくれたのが観音様だった。

「命を操作してはいけないのは観音様も同じなのに、消滅する危険を冒してまで手助けしてくれた。その内になにを秘めていたとしても、観音様がこれまで私にしてくれたことがすべてだって信じる」

「雅、お前は……」

目を見張ったまま、朔はじっと私を見つめていた。

「朔？　やっぱり納得いかない？　はっきりさせたいって言うなら、神世に戻ったときにでも直接聞いてみる？」

「ああ、いや……」

朔は口元をほころばせる。

「雅はいつも俺を惚れさせてくれるな、と感服していたところだ」

「惚れ!?　あ、あのね、私は真剣な話をしてるんだよ」

「俺もいたって真面目に言っているが？」

含み笑いを浮かべておいてよく言う。これは絶対に、私の反応を見て楽しんでる！

私が無言で抗議の視線を送ると、朔の表情がふっと緩んだ。

「神だとか、あやかしだとか、人だとか、過去になにをしただとか。雅の小さなことに囚《とら》われず、自分の目で見たもの、聞いたものだけを信じるところが好きだぞ」

――好き。

脳天に雷が落ちたようだった。たった二文字の言葉で、頭の中は真っ白。照れ隠しに言おうと思っていた文句も、全身をじりじりと焼いていた羞恥心も、すべて弾け飛んでしまった。

「これから大蛇の本体がいるところに行くっていうのに……調子狂うなあ、もう」

「照れているのか、可愛いやつめ」

朔はさりげなく腰を抱いてくる。

「そういうこと言うの禁止！」

私がその胸をぐいぐい押し返していると、トラちゃんが黒を肘で突いた。

「おいおい黒、あれは止めなくていいのかよ？」

「主たちの邪魔はするな」

「この主バカめ」

これから、災厄が封じられている場所へ赴くとは思えないほど緩いテンションで、私たちは山を登り始める。

中腹まできたところで、開けた場所に出た。そこに思いがけない先客がいて驚く。

あの九本の尻尾と黒い羽根は……！

「コンさん！　松明丸《たいまつまる》！」

こちらに背を向けるようにして立っていた男ふたりが、同時にこちらを振り返る。

「雅！　なぜここにいる。ほいほい常世に来るなと言っただろう」

紺色の髪と瞳の男――松明丸が狐につままれたような顔をしていた。

彼の頭には黒く小さな十二角形の帽子、身に纏うはえんじ色の鈴懸《すずかけ》、肩からかけているのは白く丸い装飾がついた袈裟。帯に扇を差し、手には錫杖《しゃくじょう》が握られている。この格好からもわかるように、彼は天狗だ。

「くるぽも、こんにちわ」

松明丸の肩に乗っているカラスにも、あいさつする。くるぽは松明丸の眷属だ。

「くるっぽー」

カラスらしからぬ鳴き声で、くるぽも再会を喜んでくれているように思えた。

「皆さん、揃いも揃って、どのような要件でここへ？」

一歩前に出たのはコンさんだ。週に一回、不定期で営業している常世の『地獄そば屋』の店主。

赤いメッシュの入ったコンさんの白い髪からは、尖った耳がひょこっと出ている。彼は妖狐《ようこ》だ。常世ではそれなりにお金のある家の主らしいのだが、料理が趣味でそば屋を開いている変わり者。それは彼の糸目の端に入っている、個性的な赤い刺青からも片鱗を感じ取れる。

ちなみに松明丸は、お付きとしてコンさんに仕えているのだとか。

「雨の日の登山は土砂崩れなどもありますし、危険では？」

心なしか、コンさんたちの纏う空気がピリピリしているような気がした。

「そうなんですけど、私たちここの封印に用が……あって」

ふと彼らの背後に視線を向けると、大きな蓮の花と雲の彫刻が施された岩の壁がどんとある。まるでなにかを塞ぐように、そこだけ出っ張っていた。

「もしかして、あれが封印？」

「そのようだな。あの岩の裏に洞窟かなにかがあるんだろう。そこに大蛇がいると考えてよさそうだ」

朔が相づちを打ってすぐ、白くんはなにかに気づいたように「んん？」と岩の壁に目を凝らした。

「あーっ、亀裂が入ってるよ！」

白くんが刻印を指差す。よく見れば、刻印の中央に大きなひびが入っていた。

「えっ、じゃあ早く直さないと！」

「それは困りますね」

コンさんの声が冷たく辺りに響く。なぜ？と問えなかったのは、その手に青白い狐《きつね》火《び》が揺らめいていたからだ。

「雅さんには助けられた恩があります。ここはなにも聞かず、引いてはいただけませんでしょうか？」

丁寧な口調ではあるが、言葉の端々に有無を言わせない圧を感じる。

朔は嘲るように片側の口角を上げ、コンさんを見据えた。

「引かなければどうするつもりだ?」

「そうですね。これ以上、ここに居座る気なら——」

コンさんが言葉を切ると、松明丸は主を庇うように前に出る。両足を大きく開き、腰を落として錫杖を構えるその姿勢は、明らかに私たちを敵とみなしていた。

「あなた方には、ここで消えてもらうしかありませんね」

見開かれたコンさんの赤い瞳には、冴えきった殺気。それをいち早く感じ取った白くんと黒が巨大な犬の姿になり、飛び出していった。

ふたりの鋭い牙がコンさんに迫るが、松明丸がすかさず錫杖を振るう。すると、錫杖からブウォッと火が噴き出し、白くんと黒はすぐさま後方に飛び退いて避けた。

「コンさん、松明丸もやめて! ふたりの後ろには、傀儡の大蛇が封印されてるの! 私たちは、それを外に出さないようにしたいだけ! それが済めば、すぐに帰るから!」

このままじゃ、命がけの戦闘になりかねない。コンさんと松明丸がここでなにをしているのかは知らないけど、なにも聞くなというのなら、私たちは私たちの用事を済ませて退散すればいい。そう思っていたのだが、コンさんは憐れみのこもった目を向けてくる。

「鈍いのは、私たちを信じたいと思うからでしょうか。だとしたら、本当にお人好しですね」

「え……？」

「まだ、わかりませんか。私たちは、その封印を修復されると困るんです」

コンさんの周りに、いくつもの狐火が浮かび上がった。

全部、現実でなければいいのに。ふたりは鬼丸に常世へ連れてこられたとき、城に幽閉された私を助けてくれた。なのに今は敵対してる。私たちを攻撃しようとしているだなんて、まるで悪夢だ。

でも、現実はそう都合よくできていない。コンさんは迷うことなく、私たち目がけて狐火を放った。

即座に朔が私を抱き上げ、横へ飛ぶ。酒利さんだけは微動だにせず、狐火に向かってひょうたんの中身をぶちまけた。神酒を浴びた狐火は、瞬く間に消え去る。

「雅、知り合いみたいだし、言いにくいんだけどなー。封印が綻んだ原因は、あいつらで間違いなさそうだ」

信じたくはないけれど、酒利さんの言った通り封印を解こうとしたのは十中八九彼らだ。先ほどコンさんが『封印を修復されると困る』と言っていたから。

「どうしてそんなことを！　ここに眠ってるものを外に解き放ったらどうなるのか、ふたりは知らないの!?」

「……知っていますよ」

コンさんは全部わかったうえで、封印を解こうとしてる？

「なんで……ですか？　コンさんはなにも聞くなって言うけど、なにか事情があるなら、訳を知りたいです」

「それは、ただあなたが安心したいからでしょう。正当な理由があれば、こんな非道な真似をする私たちを許せる。甘いあなたの考えそうなことです」

コンさんの冷たい目を見ていると、これまで築いてきた関係がリセットされたように感じて、なぜかふつふつと怒りがわいてきた。

「そうですね、私は甘いんだと思います。だけどっ、安心したいに決まってるじゃないですか！」

声を荒げれば、全員が動きを止めた。

コンさんは意味がわからないといった様子で眉を寄せ、小首を傾げる。それがまたもどかしくて、涙が込み上げてきた。

「ふたりとは一緒に、おそばを食べました。鬼丸とも戦ってくれた。私にとっては恩人なんです！　なんの理由もなしに、こんなことをするはずない。そう信じられるくらい、私にとってコンさんも松明丸も大事な友達なんです！」

感情的に訴える私とは正反対に、コンさんたちは表情ひとつ変えない。友人だと思っていたのは、私だけだったのだろうかと胸に虚しさが広がる。

「真実を知ったところで結果は同じだというのに、おかしな人です」

コンさんが天に手を掲げ、そこに巨大な狐火を作り出す。火の爆《は》ぜる音がした。それは冷ややかな青色をしているというのに、肌を焼きそうなほど熱い。

「松明丸」

主の呼応に、松明丸は「わかってる」と短く答えると、疾風の如く白くんと黒に向かって飛ぶ。火を纏った錫杖がふたりに何度も振り下ろされた。その火はコンさんのものとは対照的な紅蓮《ぐれん》。

「好き勝手しやがって。話が通じる相手じゃないぞ、雅！　俺はもう見てられないからな！」

トラちゃんの雷撃が松明丸の錫杖を弾き飛ばす。でもすぐに松明丸が帯に差していた扇を開き、勢いよく仰いだ。

「うおああっ」

突風が吹き、トラちゃんが後ろに飛ばされる。地面に叩きつけられる寸前で、黒が身体でトラちゃんを受け止めた。

「気を緩めるな！　松明丸は時間稼ぎだ！」

朔が刀を抜き、私の前に躍り出る。それに合わせて、コンさんが大きな火の玉を私たちに投げつけた。

「朔！」

「動くなよ、雅」

刀を縦に構え、朔はすうっと息を吸った。それから、あろうことか火の玉に向かって走っていくではないか。心臓が止まりそうになり、私は叫ぶこともできずに、その場に立ち尽くした。

――朔が死んじゃう。

そんな考えが頭を過ぎったが、朔は一太刀《ひとたち》で火の玉を真っぷたつにした。割れた火の玉が、私の両脇の地面にぶつかる。爆風が吹き荒れ、二歩、三歩と後ろによろけた。そして、四歩目で私は地面ではなく空に足をとられる。

「え……」

落ちる、と思った瞬間にはもう、視界を灰色の空が占領していた。朔の悲痛な声に呼ばれた気がして手を伸ばすも、なにも掴めない。真っ逆さまに落下していく。死を覚悟して、ぎゅっと目を瞑ったとき――。

「貴様にはもう用はないと言ったはずだが、なにゆえ戻ってきた。芦屋雅」

聞き覚えのある声がして、はっと瞼を持ち上げる。その瞬間、私の身体は誰かに横抱きにされた。

「あ、嘘……」

見上げた先で、金髪が揺れている。ゆったりと着こなされた黒い着物の胸元。そこから覗く肌は浅黒い。一見は二十代後半くらいの人間の姿をしているが、その額には二本の角。私を抱く彼の手にも、長く鋭い真っ黒な爪が光っている。これらは、彼が鬼である証だ。

そう、この者こそ京の都に名を馳せた悪鬼——鬼丸だ。

「鬼丸！　どうしてここに⁉」

「どうしてもなにも、ここが誰の領地か、忘れたわけではないだろう？　異変が起これば、すぐに俺にも伝わる」

そっか、鬼ヶ島は鬼丸の領地だもんね。

鬼丸は近くの木の上に降り立つと、血のような深紅の双眼で、私が落ちた崖を見上げた。

「なにやら、大蛇山でひと騒動あったようだな」

「鬼丸は、ここの封印のことを知ってるの？」

「ああ、傀儡の大蛇が封じられているのだろう？　鬼ヶ島の領主は、ここの監視も役目に加えられているからな」

「それを、コンさんたちが解こうとしてる」

「コンが……そういうことか」

鬼丸は意味深な笑みを唇に滲ませる。

「この俺相手に物怖じしない希少なあやかしだとは思っていたが、この地に店を開いた目的は大蛇山の封印だったか」

鬼丸は勢いよく木の枝を蹴り、崖へ上がった。私の姿を確認した仲間の顔に安堵の色が浮かぶ。

「誰の命《めい》だ」

鬼丸は私を下ろすと、コンさんと松明丸を問い詰めた。口元には微笑が浮かんだままなのだが、目が笑っていない。それは相対するコンさんも同じだ。

「そろそろ、おいでになられる頃だと思っておりましたよ、鬼丸様」

「なにかことを起こす際は十分に用心しろと、忠告しておいたはずだが？　よほど、その命を散らせたいと見える」

鋭い爪をちらつかせるように、顔の前に翳す鬼丸。ぞくりと背筋に冷たいものが走った気がした。

「ですから、話す気は――」

コンさんの声を遮ったのは、その背から吹雪く桜。それはまるで檻のように、コンさんの周囲を巡回する。

「なんです、これは」

コンさんが桜の檻から出ようとすると、その髪や着物が切れた。続けざまに、コンさんの首のすれすれのところを銀の閃光が走る。

「迂闊に動かないほうが身のためだ」

目にもとまらぬ速さで、コンさんの首筋に刃があてがわれる。朔だ。その殺気走った形相に、彼が神であることを一瞬忘れそうになる。

「その桜は無数の刃と同義。俺の意思ひとつで、お前をたやすく切り刻める」

「コン！」

すぐに、松明丸は主に駆け寄ろうとした。

「おっと、動くなよ！」

トラちゃんが行く手を阻むように、松明丸の足元に金棒を叩きつけ威嚇する。

「そのご立派な翼で飛んでも、俺の雷で撃ち落とすからな」

眼光鋭くトラちゃんに睨まれ、松明丸がぐっと悔しそうに唇を噛みしめた。

「神が物騒なものをお持ちで」

コンさんはごくりと息を呑みつつも、余裕を崩さない。

朔は刀をコンさんの首に押しつけながら、冷淡に言い放つ。

「嫁に手を出されて黙っていられるほど、慈悲深い神ではないのでな。跡形もなく地に還りたくなくば、すべて吐け」

ここまでだと悟ったのだろう。コンさんはふうっと息をつき、降参とばかりに両手を上げた。

「大蛇を連れてくるよう、陰陽師の命を受けたんですよ」

「陰陽師……だと?」

鬼丸の纏う空気がぴりっとした。当然だ、彼は愛する藤姫を陰陽師に殺されている。

「あの下賤な生き物の犬に成り下がるとは、落ちぶれたものだ」

「コンを侮辱するな！　好きで従っているわけではない。陰陽師に囚われた妖狐を取り返すために、仕方なくしたことだ！」

松明丸が憤慨する。

「松明丸、落ち着いてください」

「だが……！」

「私はなんと言われようと構いません」

主になだめられたからか、松明丸は口を噤んだ。

「まずは、私たちの正体から明かす必要がありますね。改めまして、私は焔島《ほむらじま》現領主のコン、そして――」

「家臣《かしん》の松明丸だ」

コンさんも鬼丸と同じ、偉いあやかしだったんだ！

私はコンさん同様に、常世に領地を持つ鬼丸に尋ねる。

「焔島って？」

「常世にはいくつか島がある。そのうちのひとつが焔島だ。代々力ある妖狐が領主になると聞いたことがある」

お金持ちの家の主……間違ってはないけど、領主ってことは鬼丸みたいに城に住めるくらいには偉いんだよね？　そんなあやかしが民に混ざってそば屋をやっていたなんて、重ねてびっくりだ。

「順を追って話しましょう。遥か昔、陰陽師たちは使役するあやかしを探すのに躍起になっていました。そんな状況下で、焔島のあやかしの子がふたり、現世に遊びに行った」

「どうして……」

「特に理由なんてありませんよ。ただ、人間の世界がどんなものか、興味本位でした。そこで陰陽師に囚われたあやかしの子らは、傀儡になるのを覚悟しましたが、事態はもっと深刻なほうへと転がったんです」

私はごくりと唾を飲み込む。ただ漠然と、その先の言葉を聞きたくないと思った。

でも、そんな私の感情を一蹴するようにコンさんは続ける。

「陰陽師はより強いあやかしを使役したいと考えていた。ですから——あやかしの子らを人質に、強い力を持つ先代領主様を要求したのです」

「まさか、その先代領主様が、コンさんたちが取り返そうとしてる妖狐？」

当たってほしくない予感を口にする。もしそうなら、その妖狐は捕まったあやかしの子を助けるために傀儡に？

返答を待つ間、どんどん胸が重たくなっていく。

「そうです。先代領主様は優しいお方でした。あやかしの子を救うため、陰陽師の取引に応じたのです」

コンさんの言葉に、松明丸の身体がぴくっと震えた。じっと地面を見つめ、まるで行き場のない憤りに耐えるかのように、強く拳を握りしめている。

「俺たち焔島のあやかしたちは、陰陽師に今もなお囚われ続けているあの方を取り戻すことが悲願なんだ」

「先代領主様は、他の傀儡と一緒に大蛇となって封印されていますが、まだ生きているんです。微弱ですが、あの方の気配を感じる。ですが、傀儡として力を搾り取られるだけ搾り取られたせいで、消滅の時は近い。ですから、私たちは陰陽師に接触し、先代領主様を返してもらうよう取引をしたのです」

これまで耳にしてきた陰陽師の噂からするに、すんなり取引に応じるようには思えないけど……その話、本当にのって大丈夫なの？

私の懸念を感じ取ったのか、松明丸は「俺たちも疑っていないわけではない」と言い、思い詰めた顔をした。

「ただ、迷っている時間がないだけだ。さっきも言っただろう、このままでは先代領主様が消えてしまう。陰陽師はなぜか、傀儡の術を解きたがっているからな。どんな理由があるにせよ、利害は一致している。なら、協力してあの方を取り戻したほうが早い」

傀儡の術を解きたがってるって、どうして？

そんな私の思考を断ち切るように、松明丸が言葉を重ねる。

「陰陽師は、術を解くためには大蛇の本体が必要だと言ってな。だから俺たちは、大蛇の本体を陰陽寮に連れていくんだ。それがあやかしとしての誇りを穢すことになるのだとしても、あの方が帰ってくるのなら安い代償だ」

ふたりの意思は固いんだ。

普段、松明丸はコンさんに『胡散臭い狐』だの、『もっと敬われる主になれ』だのと容赦ない言葉を浴びせていた。けれど今、必死にコンさんを擁護する松明丸を見てわかった。大事な者のために、陰陽師に従う屈辱という泥水をすする覚悟をした主を誰よりも誇らしく思っているのだと。

「それでお前は鬼ヶ島の地獄そば屋を拠点にし、封印を解くための機を窺っていたというわけか」

鬼丸が腑に落ちた、というような表情をした。

「ええ、そしてようやく……準備が整いました」

コンさんが口角を上げる。

「くるぽ！」

松明丸が叫んだ瞬間、くるぽは火の鳥になって岩の壁にぶつかった。岩はもともとあった亀裂から、バキバキと音を立てて封印もろとも崩壊し、そこから噴き出した闇が天に向かって昇っていく。常世の空は瞬く間に闇に覆われ、辺りが薄暗くなった。

「封印が壊れた⁉」

ゴゴゴゴゴゴッと凄まじい地響きとともに地震が起こる。よろけた私の背を、鬼丸が支えてくれた。

「あ、ありがとう」

「礼を言っている場合か。もう〝あれ〟は、貴様に狙いを定めている」

「〝あれ〟？」

鬼丸の視線を辿ると、壊れた岩の壁の向こうに洞穴のようなものがあった。その奥で蠢いているのは——大蛇だ。紅い目をぎらつかせ、獲物の私を視界に捉えた途端、こちらに襲いかかってくる。

「きゃあああっ」

「余計なものを野放しにしてくれたな」

鬼丸が大蛇に向かっていき、空高く飛翔した。大きく振りかぶった爪で、その身を切り裂く。だが、大蛇は裂けて二体になり、私を飲み込まんと大口を開けた。

「助けて、朔……っ」

「当然だ」

上から声がした。白刀の光が大蛇の闇を払うように縦に走る。大蛇を退け、私を守るように目の前に降り立ったのは朔だった。

「俺の嫁は簡単にはやらぬぞ、蛇ども」

「朔！」

その背に駆け寄って、縋りついたときだった。突然、ザーッと空から黒い墨のような雨が降り注ぐ。

「きゃーっ、なにこれ！」

とっさに両手で頭を抱えると、私以外の全員が一斉に苦しみ出した。

「みんな、どうしたの!?」

「ぐっ……雨だ！　穢れが混じってる！」

酒利さんが二本の指を唇の前に翳した。それと同時に、朔は着物の袖に私を隠す。

「印、神酒に清め給え。かの者らの穢れを払い給え——」

ひょうたんから穢れを清める酒が吹き出した。でも、次から次へと穢れの雨が降り注ぎ、浄化が間に合わない。そうこうしているうちに、白くんと黒が豹変した。血走った目で「ガルルルルルッ」と牙を剝き出しにし、近くにいた鬼丸に食らいつこうとしたのだ。

「飼い犬の躾がなっていないようだな、朔」

鬼丸は白くんたちを難なく避けると、私たちのところまで飛んでくる。でも、その額にはびっしりと汗をかいていて、つらそうだった。

「この雨は毒だな。憎悪の感情を高まらせる」

「朔の眷属でさえ抗えない穢れって、どうするのさー。うおっと」

酒利さんがトラちゃんの雷撃を間一髪で避けた。

「トラちゃん!?」

ふーっ、ふーっと獣のような息遣いで、トラちゃんはこちらを睨みつけている。

酒利さんの笑みにも、さすがに焦りが滲んでいた。

「今度はきみかー、敵に回ると厄介な顔ぶれだねえ。しかも、雨は常世中に降り注いでる。敵味方見境なしに、常世のあやかしたちが襲いかかってくるってわけだ」

「そんなっ……なんとかできないの!?」

理性をなくした白くんと黒、そしてトラちゃんが戦い始める。

なにもできないって、わかってるけど……！

前に出かけた私を、朔が抱き寄せて引き戻した。

「俺たちとて雨を浴び続ければ、いずれ穢れに心を蝕まれる。一旦退却するぞ」

「みんなを置いていけない……っ」

その腕を振り解こうとして暴れると、さらに強く抱きしめられる。

「どうして止めるの！」

私は責めるように叫んだ。

けれど、その顔が苦渋に満ちているのに気づき、ひどい後悔に苛まれた。

朔だって、みんなを残していきたくないんだ。でも、ここで私たちまで自我を失えば、助けられなくなるから……。

「ごめん、ごめん、朔」

「謝らなくていい。お前の気持ちは痛いほど理解している」

朔の胸にしがみつくと、慰めるように頭を撫でられた。そんな私の耳に、コンさんの切迫した声が届く。

「松明丸……っ、しっかりしてください！」

「グアアアアッ！」

咆哮《ほうこう》した松明丸は、コンさんにのしかかり、錫杖でその喉を圧迫した。

「ガアアッ、ぐううっ……俺を殺せ……コ、ン……！」

穢れの影響を受けて、今にも理性を手放してしまいそうなのだろう。松明丸は懸命に訴える。

「くっ……そんなこと、できるわけがないでしょう！」

「もう俺は、お前からなにかを奪いたくないんだよ！　俺が……ぐっ、お前から父親を奪った！　俺が現世に行こうなんて言わなければ……っ」

え、どういう意味？

眉をひそめると、隣にいた鬼丸が視線をコンさんたちに向けたまま言う。

「皮肉なものだな。間接的にとはいえ、親が傀儡になるきっかけを作った者と主従関係になるとは」

「じゃあ、焔島の先代領主様ってコンさんのお父さん!?　それで、陰陽師に捕まったあやかしの子っていうのが、松明丸……」

――『もう俺は、お前からなにかを奪いたくないんだよ！』。

頭に松明丸の痛々しい叫びが蘇り、胸が詰まる。

ずっと自分を責めてきたんだ。それをコンさんも知っているから、ふたりは災厄を解き放ってでも先代領主様を取り戻そうとした。

「あなたのせいではありません！　あのとき、現世に行くと決めたのは私です」

「だが、俺がお前をそそのかした……ぐうっ」

「松明丸……っ、私はそそのかされただなんて思っていません。むしろ、責められるべきは私のほうです。あなたは、私を庇って陰陽師に捕まったんですから！」

コンさんが必死に言い聞かせるけれど、松明丸はついに反応を示さなくなった。ただ憎しみに駆り立てられるまま、主を殺しにかかる。

「ダメ！　やめて、松明丸！」

「鬼丸、雅を頼む」

朔がふたりのもとへ向かい、松明丸を引き剥がした。細身であるのに、咳き込んでいるコンさんを軽々と肩に担ぐ。

「行くぞ！」

こうして私たちは、自我を失った白くんや黒、トラちゃんや松明丸を置き去りにし、後ろ髪を引かれながらも下山したのだった。

＊＊＊

一旦大蛇山を離れて、私たちがやってきたのは『摩天楼《まてんろう》』。亡くなった者の魂を預かり、死者の生前の行いを映す浄玻璃《じょうはり》の鏡で善悪を見極めたあと、転生か贖罪か閻魔大王様が判決を下す裁判所のような場所だ。

「逃げ込むのに、ここは最適だな」

朔は冗談を言っているけれど、顔色が悪い。今、常世は暴走したあやかしであふれている。なので移動手段である火車《かしゃ》——火が燃え盛る車や船は目立つため使えず、朔の力で瞬間移動した。前に白くんが瞬間移動は人数が多いほど、距離が遠いほど、負担が大きいと言っていたから、神力をたくさん消耗したのかもしれない。

「朔、ひとりで力を使わせて悪かったなー。あの雨を浴びてから、調子が悪いんだよ。神は陽の気を好むから、陰の気が満ちてる常世で力を使うのは堪えるってのに」

前にも酒利さんの口から同じことを聞いた。

世界には陽の気と陰の気が均衡よく巡っていて、陽の気を好む神様には陰の気が天敵なのだと。

「軟弱になったものだな。……それを寄越せ」

鬼丸は朔の代わりにコンさんを担いだ。

塔のエレベーターで最上階まで行くと、私たちは巨大な鏡の間で黒曜石のように妖しく輝く球体と対面する。これが閻魔大王様、実体のない魂だけの存在だ。必要時は思念体といって、肉体はないけれど男女どちらかの人間の姿や虎などの動物になって現れることもできるらしい。

「芦屋雅、常世には死んでから来いと言ったはずだが、また厄介なものに目をつけられたようだな」

「閻魔大王様、大蛇山の封印が……」

「わかっている」

苛立たしげに、閻魔大王様は答えた。

「あそこに眠る傀儡たちを全員輪廻の理に戻すには、何千年の月日を要する」

「輪廻の理？」

「人が死に、生まれ変わることだ。死者は浄玻璃の鏡で生前の罪を見極められ、転生か地獄で償うかを決められる。だが傀儡の数が多く、先ほども言ったが、すべての審判が終わるまでには何千年という時間がかかる。ゆえに、それまで大蛇山に封じてあったのだ」

何千年？　そんな途方もない時間、あの傀儡たちは憎しみの炎に胸の内を焦がしながら、真っ暗な洞穴の中に閉じ込められ続けるというの？

そう考えたら、災厄と呼ばれる存在に胸を痛めずにはいられなかった。

「まったく、私はあそこに眠る傀儡たちを長い年月をかけて転生させ、罪を贖わせ、憎しみの鎖から解き放ってきたのだ。数が多すぎるがために一気には難しくとも、少しずつ確実にな。それが、どこぞのあやかしのせいで水の泡だ」

閻魔大王様がコンさんの方を向くのがわかったが、当の本人は我関せずの態度を貫いている。

「大蛇は憎しみの集合体だ。あれが世に放たれたとなれば、生きとし生けるものすべてが腹の中におさまるまで止まらぬぞ」

でも、コンさんにも事情がある。取り返しのつかないことをしてしまったのだろうが、責められるコンさんを黙って見ていられなかった。おせっかいだとわかっていながらも、私は話題を変える。

「藤姫のときは、魂が欠片ほどしか残ってなくて転生できなかったですよね？　同じ傀儡なのに、大蛇になってるあやかしや神様たちは転生できるんですか？」

「魂の損傷は激しいが、これ以上力を使わなければまだ間に合う。だが、たいていは傀儡のときに犯した罪が大きいために転生できず、常世の地獄で罪を贖っている」

「陰陽師に利用されて犯した罪でしょう？　それなのに、地獄に送られちゃうなんて……理不尽すぎる」

「操られていようと、罪は罪。浄玻璃の鏡は結果論でしか罪を裁けないのだ」

閻魔大王様の言葉に、鬼丸の片眉が跳ねた。

「ならば、陰陽師に無理やり加担させられた藤姫も裁かれるべきだったと？」

「浄玻璃の鏡がそう判断すればな」

「貴様……口に気をつけろ。閻魔大王といえど容赦はしない」

鬼丸の爪がキラリと光り、私は慌てて止めに入る。

「ちょ、ちょっと落ち着いて！」

「今にも陰陽師を皆殺しにしそうですね」

呆れ交じりの横やりを入れたのは、柱に寄りかかりながら座っていたコンさんだ。

穢れの雨にあたっただけでなく、松明丸の攻撃を受けたせいで、さっきまでぐったりしていたのだが、どうやら復活したらしい。立ち上がって、私たちのところまで歩いてくる。

「私は松明丸のためにも、先代領主様を取り返します。そのためには、陰陽師を殺されては困るのですよ。傀儡の術を解ける人間を失うわけにはいきませんから」

「貴様、まだ取引を続ける気か？　俺の領地を荒らすだけでは飽き足らず、陰陽師の下僕になるとは、笑止」

「なんとでも言ってください。ですが、先代領主を取り戻せる手立てがなくなるのは

み、立ち塞がる。

「困ります」

コンさんが鬼丸を一瞥し、出口に向かって踵を返した。私はコンさんの前に回り込み、立ち塞がる。

「どこに行くんですか！」

「説明しなくても、気づいているのでは？」

凍りつきそうなほど、冷たい眼差しが私を射抜いた。

「まさか……大蛇を捕まえて、陰陽師のところへ？」

「松明丸との誓いを果たすためです」

「先代領主様をひとりで取り返すつもりですか？　無謀すぎます！　それに、外には穢れの雨が降ってるんですよ？　自我を保ったまま、それができますか？」

コンさんを引き留められそうな理由を、これでもかと詰め込んで説得する。

「確かに、一理ありますね……」

すると、意外にも私の言葉に耳を傾けてくれた。

「わかりました。ここは、あなたに従います」

しかも、あっさり同意が返ってくる。

「え、いいん……ですか？」

「はい、私も考えなしだったと、あなたの言葉で気づかされましたから。でも少し、外の空気を吸ってきてもいいですか？　頭を冷やしたいんです」

「あ、はい！　気をつけてくださいね」

ひとつ頷いて、鏡の間を出ていくコンさんの背中を見送る。

きっと、コンさんは焦っているだけだ。無茶しないように、気をつけてあげないと。

コンさんの答えを聞いてほっとしたのも束の間、閻魔大王様の声が鏡の間に響く。

「暴徒化している常世のあやかしたちは、私が一時的に眠らせる」

「本当ですか！　よかった……白くんたちが傷つけ合ってると思うと、これからのことを考えなきゃいけないのに、気が気じゃなくて……」

「期待しすぎるな。そう長くはもたない。その間に、大蛇を……」

不自然に、閻魔大王様が言葉を止めた。

「どうかしたんですか？」

「大蛇が常世を離れた」

「え!?　じゃあ、どこに……って、まさか！」

陰陽師がいる現世に行ってしまったんじゃ……。

「そのまさかだ。コンは無謀な真似をしたようだ」

「コンさん？」

どうしてここで、コンさんの名前が？

「鬼ヶ島を徘徊していた大蛇を捕まえて、自分の中に閉じ込めたのだ。おそらく、現世の陰陽寮へ連れていくためにな」

「でも、コンさんは外の空気を吸いに行ってくるって……！」

もしかして、あれはこの場から抜け出すための嘘？

先ほどの聞き分けのいい態度は、演技だった？

「鬼丸が陰陽師を皆殺しにすると考えたのだろうな。取引が壊される前に、単独で動くことを決めたようだ」

「コンさん……」

彼の背を呑気に見送ってしまった。自分が情けない。あのとき、コンさんは心を決めていたはずだ。ひとりでも悲願を叶えようって。

考えてみれば、最初から引き留めるなんて無理だったんだ。

常世を危険に晒してでも封印を解いて、救いたい存在なんだもの。生半可な覚悟じゃないはず。

「お前たち、大蛇を連れ戻せ」

「どう連れ帰れと？」

朔は眉を寄せ、腕を組むと閻魔大王様を見上げた。

「大蛇が人間や神、あやかしたちを襲わぬよう雅の身体に封じ込め、常世に戻ってくるのだ。雅の清らかな魂であれば、憎しみに飲まれることはない。大蛇の穢れにも耐えられる」

「わ、私？」

自分を指差しながら狼狽えてしまう。そこで私が切り札だ、みたいな扱いをされるとは思っていなかったのだ。

困惑していると、朔が低く唸るような声で言う。

「ふざけるな。身体に大蛇を封じ込めている間、雅の魂は傀儡どもに食われ続けるんだぞ。許可できん」

「大蛇の力は時が立つとともに強まっているのだ。私の審議を待つ間に、封印は何度も破られ、こたびのようなことを繰り返すだろう。ゆえに、ここですべてを終わらせねばなるまい」

「でも、それができないから、今まで封印されてたんじゃないのかー？」

酒利さんの気がかりは、私の中にもあった。観音様と閻魔大王様がふたりがかりで封印しなければならないほどの力を持つ傀儡。それをどう終わらせるというのだろう。

「幸い、今世には千年に一度生まれる奇跡の魂の持ち主がいる。奇跡の魂は、普通の魂に比べて強く質量も大きい。ゆえに藤姫も魂の欠片でありながら意識を保っていられたのだ。短い時間ならば、大蛇の器としても耐えられる」

それを聞いた瞬間、朔は激しい怒りを露わにする。

「それは藤姫の場合だろう！　もし、万が一にでも魂の力が尽きれば……雅が死ぬ。俺は雅に、危ない橋を渡らせるつもりはない」

過熱する朔をなだめるように、酒利さんが「待て待て」と間に入った。

「とりあえず、閻魔大王様の話を最後まで聞いてみないか？　大蛇を連れ帰ったとして、どう浄化するつもりなのか」

「雅の力を使い、朔、お前が傀儡たちを浄化するのだ。これはまたとない好機。今世を逃せば、あれを浄化できるのは雅の死後、千年もあとになる」

そっか、私なら朔の力を強めることができるから……。

もしここで私が断れば、神世の神様も常世のあやかしも現世の人間も、次の奇跡の魂の持ち主が現れるまで千年以上、あの大蛇に怯える日々を過ごすことになる。

それに次の奇跡の魂の持ち主が協力してくれるとも限らないし、そうなったら浄化できる機会がさらに千年先に伸びる。傀儡たちは、その場しのぎの封印のたびに、あの暗い洞穴の中に何度も閉じ込められ続けるのだ。

だけど、死ぬかもしれない。簡単には決められない。私がいなくなったら、朔たちが悲しむから。

「すぐには決められん」

　それだけ言い残し、朔は鏡の間を出ていく。その場に立ち込める静寂を破ったのは、鬼丸の冷笑だった。

「大蛇は陰陽師を食らいたくて仕方ないのだろう？　だったら、ひとり残らず食わせておけばいい」

「鬼丸は、陰陽師を助けることに反対？」

「あいつらは報いを受けるべきだ」

「今、陰陽寮にいるのは、藤姫を傀儡にした陰陽師じゃない。本当に報いを受けるべき人たちは、とうの昔に亡くなってる。その罪を今の陰陽師が背負ったところで、鬼丸の気持ちは晴れるの？」

　率直に問いかければ、鬼丸は目を伏せる。言葉の意味を自分の中でも噛み砕いているのか、考え込んでいるようだった。

「恨むな、とは言わない。だけど、憎しみをぶつける相手を間違えちゃいけない気がする」

「なら、誰を責めればいい？　言ったはずだ。どれだけの時間が経とうと、藤姫を奪った陰陽師の連中も、朝廷のやつらも、あいつの魂を食らった神やあやかしも許せはしないと」

「うん、覚えてる……けど、ごめん。私はどうしても、藤姫を苦しめた陰陽師と今陰陽寮にいる陰陽師をひとくくりにはできないんだ。それにね、私は憎しみに囚われてる鬼丸が心配。ずっと誰かを恨み続けるのって苦しいと思うから。もし、どこかで憎しみを断ち切れるのなら……そうしてほしい」

断ち切るなんて、できっこないのは百も承知だ。それでもあえて口にしたのは、藤姫が消える前、鬼丸に『誰かを愛して幸せになって』と願ったからだ。憎しみはきっと、愛する心を殺してしまう。少ししか話したことはないけれど、同じ奇跡の魂の持ち主だった藤姫の想いを考えれば、今だ過去の傷に苛まれている彼をほっておけない。

「お前の言っていることは、どれも綺麗事だ。平和な暮らししかしらない、ぬるま湯に浸った頭が考えそうなことだな」

「うっ、ごめんね」

「だが……もし、ここに藤姫がいたら、貴様と同じように俺を叱るのだろうな」

鬼丸は決して、私と藤姫を重ねているわけではないと思う。ただ純粋に、藤姫ならなにを鬼丸に望むのかを考えたんだ。

なんとなしに、返事をする必要はない気がした。きっと鬼丸は、自分で答えに辿り着いている。だから笑みだけを返したとき、閻魔大王様が私と鬼丸の間に身を滑り込ませた。

「芦屋雅、ここで油を売っている暇はないぞ。悪鬼も手懐けたその手腕で、朔のことも説得しろ」

「そうだった！　私、朔を追いかけますね」

今回のことは私にも関係があるんだから、朔がひとりで考えることじゃない。もう背中を向けたりしないでって、お願いしたのにな。また私を置いていったあの人に、文句のひとつでも言ってやらないと。

「お膳立ては不本意なんだけどなー、俺が送ってやるよ」

酒利さんがやれやれとばかりに、ひょうたんを円を描くように動かす。すると、目の前に酒の輪が現れた。

「摩天楼の屋根には、雅ひとりじゃ登れないだろー？」

「朔、そんなところにいるんですね。酒利さん、ありがとうございます！」

その厚意に甘えて、私は輪の中に飛び込む。向こう側に抜けてすぐ、高台だからか強い風に煽られた。

「わあっ」

私はなんとか両腕を伸ばしてバランスをとろうとするも、体勢を崩してしまう。屋根の下に真っ逆さま。そんな最悪な結末を想像して、必死に掴まるものを探したとき——。

「お前はよっぽど、俺の心臓を止めたいらしいな」

背後から腰に腕が回り、屋根から落ちるのをすんでのところで免れる。足場の外にある自分のつま先を見て、ひやっとした。

「た、助かった……ありがとう、朔」

振り返ると、朔は呆れた顔でため息をつき、私を抱えたまま腰を落とした。

「片時も目が離せん。お転婆な妻を持つと、気が休まらんな」

私を足の間に座らせ、しっかりと抱きしめてくる朔。転落しかけて、バクバクと忙しくなった鼓動は、彼の体温を感じた途端におさまっていくから不思議だ。

「私といて気が休まらない？　ってことは、離婚をご所望ですか？」

私は胸の前にある朔の腕を軽く叩き、唇を突き出した。もちろん本気ではなく冗談。それを感じ取ったのだろう朔は、私の耳元でくっと笑う。

「神は人間と違って、簡単に夫婦の契りは切らん。それほどの覚悟を持って、お前を娶《めと》ったのだ。それをいい加減に、わかってほしいものだがな」

お互いに本題を避けて、なんてことない会話に花を咲かせた。そのあと、急に静けさがやってきて、私は頃合いかなと彼に向き直り切り出す。

「あのね、朔。私、怒ってるからね」

「お前を置いて、鏡の間を出ていったからか？」

ふくれっ面になっているだろう私の頰を朔の指がつつく。

「そう。見送るのは、悲しいって言ったのに」

「少し考える時間がほしかっただけだ。ひとりで大蛇のもとへ行ったりはしていないだろう？　大目に見てくれ」

「あのね」

私はずいっと朔に顔を近づける。

「物理的な距離が問題なんじゃないの。ふたりの未来に関わることは、私も一緒に悩みたい」

「……そうか」

朔がこつんと額を合わせてきた。その大きな手を私の頬に添え、親指の腹で何度も撫でる。まるで、壊れ物に触れるかのような手つきだった。

「また俺は……気づかないところで、お前に寂しい思いをさせていたのか」

憂いが滲んだ瞳。いつもは強い意思の光を宿しているのに、今は彼の背にある月のそれよりも弱々しい。でも、後悔で終わらないのが私の旦那様。

「雅、ならばともに悩もう。お前はどうしたい？」

眼差しに覚悟を乗せ、朔は私を見つめてくる。この目に、私は何度も暗闇から救い出してもらった。だから、甘えてしまうのだ。

「正直に言っていい？」

「ああ、お前の本当の気持ちが聞きたい」

「ありがとう。私、あの蛇を自分の中に入れるなんてすごく怖い」

ここで、私に任せて！と言えない自分がかっこ悪い。けど、大事な人ができてしまったからこそ、まだ死にたくないと強く思う。

狛犬兄弟の料亭さながらのご飯をみんなで食べたり、黒とトラちゃん恒例の喧嘩を見て平和だな、なんて思ったり。そんな他愛のない、ごく普通の日常を桜月神社の仲間ともっと送りたい。

「恐れるのは当然だ。俺は他の方法を探すべきだと思っている」

「だけど……私が迷ってる間にも大蛇はたくさんの神様やあやかし、人を食らうんだよね。それに、他の方法があるなら閻魔大王様は最初に言ってくれるはずだもの。だからもう、私たちがやるしかないんだと思う」

はっきり、自分の意思を伝えた。朔は私の首筋に顔を埋め、なにかに耐えるようにじっとしていた。

「俺は、お前になにをしてやれる」

絞り出すような、か細くて掠れた声だった。

私は朔の銀髪に指を差し込み、何度も何度も頭を撫でる。

「そばにいて」

「それだけでは気が済まん。もっと他にないのか？」

顔を上げた朔は、まるで泣き出す寸前の子供のようだった。

「朔、朔は自分がどれだけ私に力をくれるのかをわかってない。ただこうして抱きしめてもらえるだけで、私は安心する。もう一度、この腕の中に帰ってこようって、心を強く持てるの」

「お前がそう言うのなら……いくらでも抱きしめていよう」

きつく、私を抱きしめる腕。それは、私をこの世に強く繋ぎとめてくれる。

「絶対、大丈夫だよ」

私は両腕を朔の広い背に回し、自分からもくっついた。決して、離れ離れにならないようにと。

「あ、そうだ。ひとつだけ、私のわがままを聞いてくれる？」

「ひとつと言わず、いくらでも言え」

「全部終わったら、夜は一緒に寝てほしい。もちろん、毎日ね」

「叶えよう。他には？」

「そうだなあ……。朔の『おはよう』と『おやすみ』は、誰よりも先に、私がいちばんに聞きたい」

「ああ、あとは？」

それらが叶う日が必ず来ると、そう信じたくて――。

私はここぞとばかりに、お願いをした。たぶん、願掛けに近かったのかもしれない。

「えっとね……」

＊＊＊

夜風を吸い込んで着物がすっかり冷たくなった頃、私たちは鏡の間に戻った。

すると、彼らしいといえば彼らしいのだが、柱に寄りかかっていた酒利さんがひょうたんのお酒を呷っている。

ひっくとしゃっくりをしながら、私たちに気づいた彼は手の代わりにひょうたんを軽く持ち上げてみせた。

「お、答えは決まったかー？」

「うん、閻魔大王様の策にのるよ」

強く頷いて告げると、鬼丸の鋭い視線が朔に向く。

「朔、貴様……同じ轍《てつ》を踏むつもりか」

「これは雅と決めたことだ」

「大蛇に、芦屋雅の魂が食われてもいいのか？　藤姫の二の舞いだぞ」

鬼丸に責められても、朔は表情ひとつ変えない。先ほどの泣き出しそうだった表情が幻に思えるほどに。だけど、私は知っている。なんてことないように振る舞うその裏側で、本当は誰よりも私が大蛇の器になるのを反対したいこと。それでも、私の決断を自分のものとして受け入れて、ともに進んでくれること。

「鬼丸、これは私自身が望んだことで、朔と進もうって決めた道だから。でも、絶対に大丈夫とは言えない。そこで！　鬼丸と酒利さん、私が死なないように守ってください！」

場の空気が明るくなればと、わざとずうずうしく頼んでみる。

「現金なやつめ」

「現金だねー」

ふたりは若干呆れ気味だった。でも、反対の言葉は口にしない。私の気持ちを尊重してくれたのだとわかり、胸が温かくなった。

「じゃあ、行きま――」

そう言いかけたとき、私の足元からブワアアッと白い紙が吹き上がる。

「きゃあっ」

これって、陰陽師の札……！

とっさに朔に向かって手を伸ばす。

「嫌っ、朔……っ」

「雅！」

私の名前を叫びながら、朔が駆け寄ってくるのが見えた。けれど辿り着く前に、私の身体はお札の渦に飲み込まれていくのだった。

三の巻　陰陽寮の因習

「いった！」

ドスンッとお尻をなにかに打ちつける。ゆっくり目を開ければ、白の上衣に紫の下衣からなる狩衣衣装姿の男が私を冷たく見下ろしていた。

男から放たれる肌を刺すような威圧感に、ごくりと唾を飲み込む。彼から視線を逸らせずにいると、その眼鏡とオールバックにセットされた黒髪が記憶の中の誰かと重なった。

この人って……前に現世に行ったとき、私を攫おうとした陰陽師だ！

男を警戒しながらも周りを見回す。私は見慣れない広間の中央にいて、黒い装束の男たちに囲まれていた。

あの五芒星の刺繍……。

男たちの着物の両胸には、同じ刺繍が施されている。そこでようやく、自分がいる場所に確信が持てた。

――ここ、陰陽寮だ。まさか、常世から攫われるだなんて……。

私が座り込んでいる場所には、朱墨《しゅずみ》のようなもので書かれた五芒星と散らばった札がある。私を攫った術で使われたものかもしれない。

「大蛇は、もう陰陽寮にいるんですか？」

恐怖に震える唇で、なんとか言葉を紡いだ。もし、コンさんが大蛇を陰陽寮に連れてきているのなら、陰陽寮の人たちが危ない。真っ先に食べられてしまう。

「コンの報告通りだな。奇跡の魂の持ち主が俺たちの獲物を狙ってるっつーのは」

「獲物？」

それが大蛇だと気づくのに、わずかに時間を要した。

「あの、私たちは別に狙ってるってわけじゃ……。ただ、大蛇を浄化したいと思っているだけです」

陰陽師は傀儡の術を解きたがっていると、コンさんたちは話していた。

けれど、観音様や閻魔大王様ですら扱いに困っている傀儡だ。陰陽師とはいえ人の身で、本当にそれが可能なのだろうか。ここはみんなで閻魔大王様の策にのって、常世で浄化するほうが確実な気がする。

さっそく協力を持ち掛けようとしたとき、陰陽師の男が私の前にしゃがんだ。そのまま顔を近づけてきたと思ったら、虫けらを見るような目をされる。

「お前、バカか？」

「ばっ、バカ？」

――この人……口悪っ！

見た目がインテリ風なだけに、その言葉遣いの荒さには度肝を抜かれた。その優等生みたいな眼鏡はお飾りか！と言い返してやりたいが、今はそんなくだらないことに労力を割いている場合じゃない。

ムッとしつつも黙っていたら、陰陽師の男は鼻で笑う。

「傀儡の術は、その身も魂も縛る術だ。今では禁忌とされているが、先代のバカどもがそうして使役してきた傀儡たちの怨恨は根が深けえんだよ。簡単に浄化できるわけねえだろうが」

「それならなおさら、傀儡の術なんて解けるんですか？」

「お前がいればな」

「私？」

目を瞬かせると、陰陽師の男の指が私の顎を乱暴に掴んだ。

「お前の血を使えば、俺の陰陽術も強まる」

「――だから、私を攫ったんですね。そこまでして、あなたはどうして傀儡の術を解こうとしてるんですか？」

陰陽師の男は、私の問いを無視してすくっと立ち上がる。そして、広間の出口へと視線をやった。

「あの狐を連れてこい」

「狐って……コンさん!?」

ふたりの男にがっちりと両腕を掴まれ、コンさんが広間へと連行されてくる。

額には札が張られ、顔の半分が紫色の痣のようなものに侵食されていた。目はどこか虚ろで、浅い呼吸を繰り返している。

「コンさん、コンさん！」

何度呼びかけても反応はなかった。

様子がおかしい……。そういえば、コンさんは大蛇を自分の中に閉じ込めてここへ連れてきたんだよね。閻魔大王様は、私なら大蛇の器としても耐えられるって言ってたけど、逆にそれ以外のあやかしや神様は？　穢れに抗えないということになるのではないか。だとしたらコンさんは、じわじわと自我を侵されているのかもしれない。

それに朔は、身体に大蛇を閉じ込めている間は、傀儡たちに魂を食われ続けると話していた。

「早く身体から大蛇を出さないと、コンさんが消えちゃう……」

「お前に言われなくても、わかってんだよ。おい、その狐をこの女の前に置け」

男の命を受けて、陰陽寮の人たちがコンさんを私の前に放る。

「乱暴にしないでください！」

まるで物みたいな扱いをする彼らをキッと睨みつければ、陰陽師の男はまた鼻で笑った。

「その狐はどうせ、もう使い物にならねえ。どう扱おうが傷つきも怒りもしねえよ」

「使い物になんないって、どうして……」

「見りゃあ、わかんだろ。大蛇に内側から食い荒らされてやがる」

「そんな……っ」

ぴくりとも動かず、コンさんはただ虚空を見つめている。光ない瞳を覗き込んだら、じわっと目に涙が滲んだ。

「コンさん、ダメです。松明丸が待ってるんですよ！」

その肩を掴もうとしたら、「やめとけ」と陰陽師の男に止められた。

「穢れがお前にもうつるぞ。それに、お前は人間だろ。なんであやかしなんざに肩入れする」

「あやかしとか、関係ないです。私の友人なので。それに、もともと大蛇は私の中に入れるつもりでした。穢れがうつろうとかまいません」

私はコンさんの肩を掴む。その瞬間、冷気とともに『苦シイ』『呪ッテヤル』と声が暴流のごとく私の中に入り込んできた。この感覚を前にもどこかで経験したことがある。そうだ、目の前の陰陽師の男に手首を掴まれたときだ。それに気づいたとき、ものすごい勢いで身体から力が吸い取られていくのを感じた。傀儡たちに魂を食われているのだ。

「コンさん、どうしても叶えたい願いがあるから、ここまでひとりで来たんでしょう？　こんなところで、倒れてる場合じゃないです」

コンさんの手を握り、私は呼びかける。

傀儡たち、コンさんを連れていかないで。私の魂のほうがおいしいはずだよ。だから、もう彼を解放してください。代わりに、私があなたたちを引き受けるから——。

心の中で訴えかけると、穢れが膨れ上がる気配がした。コンさんの身体の中から、大蛇がにゅるりと姿を現す。

「うわあああっ」

「大蛇だ！」

場が騒然とする。陰陽師の男が「静かにしろ！」と怒声を飛ばすが、混乱はおさまらないようだ。

「ちっ、この臆病者どもが」

「愁おじちゃ——ご当主様！」

しゅう、おじちゃん？

陰陽寮の人たちが次々と広間から逃げ出していく中、唯一残ったのは子供だった。その子には見覚えがある。陰陽師のそば仕えのようなことをしていると話していた凛くんだ。

「そっか、前に凛くんが呪いを解いてほしいってお願いしたのは……この陰陽師の人のことだったんだね」

「すみません、黙っていて……。はい、この方が僕の仕えるご当主様──安倍愁明《あべのしゅうめい》様です。畏《おそ》れ多いですが、僕の叔父に当たります」

親しく話す私たちを見て、陰陽師の男──愁明さんは怪訝な表情をした。

「凛、この女と顔見知りだったのか？　いや、それは今はどうでもいい。とにかく傀儡を片付ける」

そう言って、愁明さんが大蛇を睨み据えた。

すると、その血に濡れた目が陰陽師である彼を捉える。憎しみを吐き出すように、大蛇は『グギャアアッ』と雄叫びをあげた。

「おい、お前」

むんずと愁明さんに腕を掴まれる。

「痛っ、いきなりなにするんですか！」

「お前の血を寄越せ。これから呪詛《じゅそ》返しをする」

「呪詛返し？」

「傀儡の術がなぜ禁忌と呼ばれるか、知ってるか？」

私はぶんぶんと首を横に振った。

「傀儡に恨まれて、呪詛をかけられることがあるからだ。それを知りもせず、手あたり次第あやかしや神を使役した先祖のせいで、安倍家は短命な一族になっちまった」

「短命？」

私が聞き返すと、愁明さんはおもむろにはめていたグローブを外す。そこから現れた手にはびっしりと紫色の斑《まだら》ができており、私は思わず息を呑んだ。

「この通りだ。これが呪詛に蝕まれてる証。俺は……三十まで生きられねえんだよ」

「え――」

二の句が継げない。

だから凛くんは、愁明さんの呪いが解けますようにって桜月神社に祈願したんだ。

「じゃあ、ご家族は……」

「どっちも死んだ」

愁明さんは淡々と答え、グローブをはめ直す。

「血縁だけじゃねえ、結婚すれば当主の妻も呪詛を受ける。そうやって傀儡どもは、陰陽師の数を減らしていったんだよ。そんで、今や俺だけだ」

悲しみが押し込められたような言葉に、胸がズキズキと痛む。

昔の陰陽師がしたことで、今生きているあやかしや神様、そして人が苦しんでいる。まるで呪縛だ。

愁明さんの態度からも、理にかなわないからこその苛立ちを感じる。

「だから、呪詛を傀儡たちに返す」

それ、傀儡たちは大丈夫なのだろうか。大蛇の中には、コンさんと松明丸の助けたい先代領主様もいるのに。

『ギシャアアーッ』

私は目の前の大蛇を見つめた。

傀儡たちからしたら……ううん、鬼丸だってそう。理不尽に奪われたからこそ、責める対象がないと苦しいんだ。行き場のない憎しみを簡単に捨てろとは言えない。彼らの怒りを否定する権利はどこにもない。

憎しみの中に囚われ続けている傀儡。恐ろしくてたまらないはずなのに、かわいそうだと思ってしまう。決して見下しているわけではなく、理解したいという気持ちが私の中に芽生えていた。

なんにせよ、このままじゃ誰も幸せになれない。

「おせっかいかもしれないけど、過去に囚われて前に進めないのなら、今を生きる私たちが断ち切らなくちゃいけないのかもしれないね」

「お前、なに言って……」

愁明さんの戸惑うような声が耳に届いた。

でも私は掴まれていた腕をやんわりと振り払い、コンさんの腹から顔を出している大蛇を見据える。

——大丈夫、怖くない。

そう自分に言い聞かせ、震える足で大蛇に近づいた。

「コンさんのより、私の魂を食らったほうが力を蓄えられるよ」

「なにしてやがる、死ぬつもりか！」

愁明さんの焦りの滲んだ怒声が背後から飛んできたが、私は構わず大蛇に叫んだ。

「復讐したいんでしょう!?　だったら、私の中に入って！」

思いが通じたとか、そんな都合のいい話ではないと思う。でも、大蛇はぴたりと動きを止め、私をしっかり捉えていた。やがて、また鼓膜を破るような甲高い奇声を発し、こちらに突進してくる。

「うっ」

大蛇が胸から私の中に入り込んできた。身体が異物への拒否反応を示しているのか、内側から末端に向かってじわじわと寒気が広がっていく。

寒い、怖い……っ。これから私、どうなっちゃうんだろう。

【死】の文字が脳裏を過ぎるが、大蛇を受け入れると決めたのだ。私は唇を噛んで、こぼれそうになる悲鳴を堪える。

——大丈夫、ちゃんとやれる。

次第に頭がぼんやりとしてきた。視界が黒に塗り潰されていき、私の意識はどんどん泥沼に沈んでいく。それでも私は、意識を手放す間際まで、心で強く思っていた。

朔との約束……絶対に叶えるから——。

＊＊＊

いつか来た闇の深淵を揺蕩《たゆた》っていた。

前にもあの大蛇に会ったとき、寝床で、池の中で、気づいたらこの暗がりに迷い込んでいた。

コンさんは助かったのかな、あのあと私はどうなったんだろう。自分が置かれている状況がちっともわからない。

『なあ、現世って行ったことあるか！』

どこからか、はつらつとした声がした。男の子のものだ。私は身体を反転させて、声の主を探す。

すると、真っ暗な世界の中で一か所だけ、スポットライトが当たったみたいに明るい場所があった。

そこに見覚えのあるふたり組がいる。黒い翼を持つ男の子と、狐の耳と尻尾が生えた男の子だ。歳は人間でいえば十歳くらいだろうか。

「あれは……子供の頃の松明丸とコンさん？」

面影があるから、すぐにわかった。じゃあ今見てる映像は、ふたりの過去？

『ありません、現世は怖いところだって父様が』

『コン、父様は過保護なんだよ。百聞は一見に如かず、だろ？　どんな場所なのか、自分の目で確かめに行かないか！』

松明丸って、子供の頃はあんなに好奇心旺盛だったんだ。それにしても……父様って先代領主様のこと？　松明丸とコンさんは兄弟じゃないよね？

『そう……ですね。松明丸がそう言うと、わくわくしてきます』

松明丸の言う父様が誰を指すのか。そんな疑問は無邪気にはにかむコンさんを見て、頭から吹き飛ぶ。コンさんはいつも人当たりがいいけれど、今、松明丸の前で見せている笑顔と比べると、これまで私が見ていたのは営業用だったのだと気づいた。

子供のコンさんと松明丸は、手を繋いでどこかへと駆けていく。私もそれを追うように闇の海を泳いだ。

どこからか吹き込む風が頬を撫でる。その瞬間、景色は丘の上へと変わった。ふたりもそこにいて、眼下に広がる町を眺めている。

『おお、あれが京の町！』

松明丸が瞳をキラキラさせている。

京？　じゃあここは平安時代の日本なんだ。

ふたりと一緒になって、私も興味津々に町を見下ろした。あまり高い建物がない。桜月神社の大鳥居の上から朔に見せてもらった、神世の都の町並みに似ていた。

なんか、タイムスリップしたみたい。

松明丸じゃないけれど、童心に返ったように好奇心が掻き立てられる。

『松明丸、その羽は隠したほうがいいですよ。人間に化けましょう』

コンさんは着物の懐から一枚の葉を取り出し、唇に当てた。そして、ふっと息を吹きかけると、その耳と尻尾が消える。

松明丸も翼をしまい、人間の子供の姿になったふたりは京の町へと降りていった。

太陽が高い位置にあるので、お昼くらいだろう。京の町は露店の呼び込みなどで、賑わっていた。

松明丸はときどきすれ違う牛車を見て、コンさんの着物を引っ張る。

『人間は火車で移動しないんだな』

『牛では、目的地に着くまでに時間がかかってしょうがありませんよね。それにしても……いたっ、人間が多いです』

コンさんは忙しなく歩き回る人たちにぶつかりながら歩いていた。見かねた松明丸が、その小さな手を掴む。

『コンは小さいからな』

『松明丸も、私とそう変わらないじゃないですか』

『なに言ってんだよ、拳一個分は俺のほうがでかい！』

なにを！と、ふたりは頬を膨らませながらいがみ合った。

子供の姿をしてるけど、あれでいて私よりも長生きなんだろうな。でも、中身は今のふたりに比べたら幼い。

「ふふっ」

大人になってからはコンさんが松明丸を振り回してる感じだったけど、子供の頃は逆だったんだ。

『とにかく、俺のあとをちゃんとついてくるんだぞ！』

コンさんの手を引いて、松明丸が歩き出す。面倒見のよさは変わらないみたいだ。

その微笑ましい光景に口元が緩んだとき、ふたりを路地から見ている男たちがいるのを発見した。

なに？　あの人たち。

眉を寄せつつ男たちを観察していると、コンさんたちを尾行し始める。嫌な予感がした。思い出すのは、松明丸を攫ったという陰陽師のことだ。

コンさんと松明丸は忍び寄る彼らに気づいていない。ただ、物珍しそうに町並みや人に目を奪われている。ふたりを見守りながら、私の中では不安だけが募っていった。やがて京散策を終えたコンさんと松明丸は、森の中を歩いていた。現世に来たときにいた丘を目指しているようだ。そこに常世への入口があるのかもしれない。

けれどそんなふたりの前に、ぞろぞろと男たちが現れた。全員、愁明さんが着ていたものに似た狩衣を纏っている。

『なんだよ、お前たち！』

松明丸がコンさんを庇うように前に出る。

『姿を偽っていても、我らの目はごまかせぬぞ』

『お前たち、あやかしだろう』

男たちはじりじりと距離を縮めながら、懐から数枚の札を取り出した。それを目の当たりにしたコンさんの顔が真っ青になる。

『お、陰陽師……松明丸、逃げましょう！』

『そうはさせぬ』

陰陽師が札を構えてなにかを唱えると、光る縄のようなものが現れ、ふたりを縛った。暴れれば暴れるほど、それは身体に食い込んでいく。

『ううっ、松明……丸……っ』

目に涙と恐怖を滲ませ、コンさんが縋るように松明丸の手を握った。

『大丈、夫だ……っ』

松明丸も苦しげに笑い、その手を握り返す。そして、強く陰陽師たちを見据えると、

『くるぽ！』と叫ぶ。火の鳥となって空から降りてきたくるぽは、ふたりを縛った術者を攻撃した。

『な、なんだ、このカラスは！』

陰陽師は頭をつつこうとしてくるくるぽを必死に腕を振り回して追い払おうとする。

術者の意識が逸れたからか、ふたりの拘束が解けた。

『行け、コン！』

『なに言ってるんですか！　逃げるなら一緒です！』

コンさんが松明丸の手を掴む。でも、パシンッと乾いた音を立てて、松明丸がコンさんの手を払った。

『ここで誰かがこいつらを食い止めないと、追いつかれるだろ！』

『でもっ』

『助けを呼んできてくれ！』

松明丸の真剣な双眼に、コンさんは唇を噛む。子供の足で陰陽師から逃げきれる確率は低い。松明丸の判断が正しいと、コンさんもわかっているのだ。

『絶対に……絶対に助けます。だから……っ』

鳴咽に邪魔されて、最後まで言葉にならなかった思い。それを代わりに、松明丸が口にする。

『死なない、約束する』

それを聞いたコンさんは約束を胸に刻むように頷いて、勢いよく駆け出した。

『妖狐が逃げたぞ!』

『コン、絶対に振り向くなよ!』

その背を追わせないとばかりに、松明丸が陰陽師たちの前に立ち塞がる。小さな身体で錫杖を振るい抗戦するが、陰陽師たちの術は強力だった。人型に切られた紙を構え、なにかを唱えると、それは瞬く間に大きな蛇へと姿を変え、松明丸は後ずさる。

『それは私の霊力をたんまり込め、生み出した式神《しきかみ》だ。私の命に従順に従う』

『ぐあああっ』

松明丸の肩に式神の蛇が噛みつく。森の中に響き渡る悲鳴に、コンさんは一瞬振り返りそうになっていた。

けれど、血が滲むほど唇を噛んで、強く前を向く。

『ふっ、ううっ』

戻りたいはずだ。だけどコンさんは、約束を思い出したのだろう。引き返したい気持ちを押し殺して、ぼろぼろと泣きながら必死に走っていた。

もう、見ていられない……！

私はぎゅっと目をつぶった。

それからどのくらい経っただろう。

『あなた方が攫った、あやかしの子を返していただきたい』

柔らかくも、芯のある男の声が響いた。

私は再び瞼を持ち上げる。景色は森の中から、どこかの屋敷の広間へと変わっていた。陰陽師たちに囲まれながら、堂々と立っている妖狐がいる。その背にはコンさんの姿もあった。ふたりを見比べて、はっとする。

陰陽師に対峙している、あの妖狐がコンさんのお父さんで先代領主様！

『強い力を持つあやかしを差し出せ。さすれば、あやかしの子は返してやろう』

『断ると言ったら？』

『子を殺す』

纏う空気に殺気を漂わせたのは、ほんの一瞬。先代領主様は苦笑をこぼした。

『仕方あるまいな』

そう言って、すっと表情を引き締める。

『強いあやかしならば、ここにいる』

『父様、なりません！』

コンさんが大きく首を横に振りながら、先代領主様を見上げる。

『私はお前の父であるのと同時に、焔島の領主でもあるのです。島の子はなににも代え難い宝、守らねばなりません。利口なコンなら、父様の言いたいことがわかりますね？』

『うっ、ううっ……焔島と母様は、私がっ、まもっ、守ります』

大粒の涙を流しながら宣言するコンさんに、先代領主様は柔和な目元を細めた。

『お前の妖力は強い。ですが、それだけでは足りません。心を鍛えなさい。どんなときも迫られる選択を迷わず、振り返ることなく決断できるように。恐怖を押し退け、覚悟を最後まで持ち続けられるあやかしになるのです』

コンさんの濡れた下瞼を親指で拭い、先代領主様は我が子に背を向ける。広く、逞しい父のそれを、コンさんは瞬きもせずに見送っていた。

闇に飲み込まれるようにして、映像が消えていく。先ほどまで子供のコンさんが立ち尽くしていた場所には、ぽつんと丸まった背中があった。弱々しく垂れ下がった耳と九本の尻尾を持つ彼は——大人のコンさんだ。

私は座っているコンさんの前に回り、顔を覗き込む。伏せられた目は、ここに満ちる闇さえ吸い込みそうなほど、がらんどうだった。

「コンさん……？」

呼びかけると、その身体がわずかに震える。地面に落ちていた視線がゆるゆると上がり、私の瞳で止まった。

「どうして……あなたがここに？」

「それは私のセリフです」

「ああ……あなたも大蛇に取り込まれてしまったんですね。ならば、身を任せることです。足掻いたところで、ここから逃れられはしないのだから」

すべてを諦めてしまったような物言い。抜け殻のように生気のない表情が、私の胸をざわつかせる。

「コンさんには、助けなきゃいけない人がふたりもいるでしょう？　こんなところにいたらダメです」

「助けるなんて、無理なんですよ。あのときも、私があの場所に残って、松明丸を逃がすことだってできた」

それって、あの森で陰陽師に襲われたときのこと？　やっぱり、今まで見ていたのはコンさんの過去だったんだ。

「父様の背中を本気で引き留めようと思えばできた。傷つくのは、いつも私でない誰かなんです。どうしてか、わかりますか？」

首を横に振れば、コンさんは自嘲的に笑う。

「私が臆病だからです。私は松明丸のように、勇敢に囮《おとり》になることはできない。父様のように、潔く自分の命を捧げて誰かを守ることはできないのです。私ならきっと、みっともなく助けを乞いました」

地面についていたコンさんの拳が震えている。

誰かの背中に守られてばかりなのは、私も同じ。特別なのは魂だけで、朔のように刀も握れなければ、酒利さんのように穢れを浄化することもできない。白くんや黒、トラちゃんのように戦えない。

「父様が傀儡になったのは、軽い気持ちで現世に行った私のせいでもあるというのに、松明丸はずっと自分だけを責めていました。だから、私がすべきことは傀儡の術を解き、陰陽師から父様を取り戻すことだと思ったんです」

「松明丸の罪悪感も、それで消えると思ったから？」

「ええ、そうです。松明丸も父様もいる。あの頃のように、全部元通りになる。幸せだった時間が返ってくると思いました。でも……間違いだったのかもしれません」

顔を片手で覆い、コンさんは打ちひしがれた。

「私がしたことは、ただ常世を混乱に陥れただけです。父様を取り戻すなんて無謀な真似をしなければ、松明丸だけは失わずに済んだかもしれないのに……」

「コンさん……」

このまま消えてしまいそう。

そんな不安が過ぎって、私はコンさんの手を握る。

私がコンさんの立場だったら、なんて……そんな軽々しい共感はできない。でも、少しだけ理解できる部分があった。

「私にもできることがあるんじゃないか。そう思って焦って動くと、かえってみんなを危険に巻き込んでたりすること、私にもしょっちゅうあります」

気持ちばっかり先走って、朔に『無茶をするな』って叱られることばかりだ。

「心配かけて、ほんと申し訳ないなって思いますけど、動かずにはいられない。そんなときは、誰かに相談します。大事な選択はひとりで決めないって約束したんです。コンさんだって同じでしょう？」

「え……」

「お父さんを取り戻そうとしたのだって、コンさんがひとりで決めたことじゃないでしょう？」

「それは、松明丸とですが……」

「なら、間違ってたなんて勝手に言ったらダメです」

ぱちんっと、私は両手でコンさんの顔を包み込む。

「先代領主様を取り戻すのは、松明丸の悲願でもあるんですよ。松明丸が動けない今、コンさんが踏ん張らないでどうするんです！」

「あなたは……」

コンさんは目が覚めた、みたいな顔をして私を見つめ返していた。それからぷっと吹き出し、「失礼」と言いながら口を手の甲で押さえる。

「本当に、松明丸がふたりいるみたいですね」

あ、いつもの調子が出てきたみたい？

ふうっとひと息つくと、コンさんが困ったように笑った。

「私は……もう逃げたくありません。守られてばかりなのはたくさんです。背中を見送るのにも飽きましたね」

「あ……」

どこかで聞いたことがある言葉。

『もう、背中を向けたりしないで。見送るのは、悲しいから』

そうですよね、私もたくさんです。

「弱くても、臆病でも、お互い進む足だけは止めずにいましょうね。もし万が一、大切な人の背中を見送らなくちゃいけない時が来ても、ちゃんと追いつけるように」

私はコンさんに手を差し伸べる。

「そうですね。私は父様のように強くはなれないですが、せめて自分でした決断くらいは振り返らずに成し遂げようと思います」

私の手を取って、コンさんが立ち上がった。その瞬間、眩《まばゆ》い光の糸が私たちのところへ一本垂れ下がってくる。

ふたりで顔を見合わせて、戸惑いつつもそれを掴むと――。

私たちの身体は一気に引き上げられていった。


初めに雨音がした。意識が急速に鮮明になっていき、瞼を持ち上げる。すると目に雫が入り込み、私は不思議に思って天を仰いだ。

灰色の雲から、いくつも雨粒が落ちてきている。

私、どうして外に？

見たところ陰陽寮の庭園のようだ。一体どれくらいここにいたのか、服は肌に張り付くほど濡れている。

寒い……。

身体が震えていた。それに、自分のものとは思えないくらいに重たい。

「雅さん！」

名を呼ばれ振り返ると、おぼつかない足取りでコンさんが近づいてくる。

着物もあちこち切れていて、身体は満身創痍《まんしんそうい》のようだ。でも、その顔から痣が消えているのを見て、私は安堵の息をつく。

「よかった……コンさんも、あの暗闇から出られたんですね」

「はい、あなたが大蛇を引き受けてくれたおかげです。ですが……」

コンさんは言いにくそうに視線を逸らす。いや、私の手元を見ている？　不思議に思いながら、私は彼の目線を辿った。

すると私は、黒くドロドロとした刀のようなものを握っていた。柄も刀身も真っ黒で、ズブズブと気色悪い音を立てている。

「なに、これ……っ」

反射的に捨てようとするが、腕がうまく動かせなかった。

「え……？　な、なんで……」

「私は雅さんより先に、目覚めていたのですが……。雅さんは先ほどまで大蛇に意識を乗っ取られていたようでして、広間でその刀を振るっていたのです」

「う、嘘……。じゃあ、広間にいた愁明さんと凛くんは？」

まさか、殺しちゃった……なんてこと、ないよね？

全身の血の気が一気に引いていく感じがする。うるさいくらいに心臓が跳ねていた。

コンさんは首を横に振る。

「大丈夫です。怪我はしていますが、命に別状はありません。あの陰陽師、そこそこ戦えるようですね」

「そんな……怪我をさせちゃうなんて……」

「雅さんのせいではありませんよ。それに雅さんは広間で暴れたあと、本能的に誰も傷つけないようにと思ったんでしょうね。急に外に出て行こうとしたんです。陰陽師は、あなたが町の外に出るのを止めるために、陰陽寮全体に結界を張っています」

全然、覚えてない……。

自分の意識がないときに、誰かを襲ってたなんて……怖い。

そこで、傀儡の気持ちがすとんっと胸に落ちてくる。

ああ、そっか。傀儡たちもこんな気持ちだったんだ。

私は自分の身体を抱きしめ、その場に蹲《うずくま》る。

「勝手に身体を使われて、傷つけたくないのに誰かを傷つけなきゃいけなくて……どんなに苦しかっただろう」

その矛先が大切な人に向いたら……。そんな恐怖をずっと抱えてきたんだろうな。

「雅さん、意識は取り戻しても、身体はまだ大蛇の支配を受けているようですね」

「はい……この刀みたいなものが、手から離れてくれないんです。でも、私がこのまま常世に帰れれば、傀儡たちを浄化できます」

「傀儡たちを浄化？」

そういえば、コンさんは摩天楼に来てすぐ現世に行っちゃったから、私たちがこれからなにをしようとしているのか知らないんだっけ。

「大蛇を身体に入れたまま常世に戻って、朔の力で浄化をするんです」

「浄化を……そうか、あなたの力を使えば可能かもしれませんね。それなら、急ぎましょう。他に方法はないでしょうから」

そう言って私に歩み寄ろうとするコンさんだったが、その行く手を阻むように札が乱れ舞う。その中には、愁明さんが佇んでいた。

「さっきも言ったけどな、傀儡たちの怨恨は根が深けぇんだよ。簡単に浄化できるわけねぇだろ。それでも大蛇を連れて常世に戻る気か？」

「ええ、あなたより雅さんのほうが信用できますからね」

ちらりと私を見て、かすかに笑みを向けてくるコンさんに胸が熱くなる。

コンさん……ちょっと前まで敵対することになって悲しかったけど、今は前と同じ——ううん、前よりももっと、コンさんと心が通ってる。そう思ってもいいですか？

私とコンさんが視線を交じらせていると、愁明さんが舌打ちをする。

「その女の中にいる大蛇の本体がねぇと、傀儡の術が解けなくなるぞ。いいのかよ、コン」

「あなたは、はなから傀儡を解放する気などないのでしょう？　大蛇に身体を乗っ取られていたとき、頭はぼんやりとしていましたが、あなたが雅さんと呪詛返しの話をしているのが聞こえました。呪詛を返された傀儡たちは、どうなるのです？」

私も愁明さんから広間で呪詛返しの話を聞かされたとき、同じ疑問を抱いた。

愁明さんたち陰陽師の血を引く人たちが短命になったのも、元は傀儡たちから呪詛を返されたせいだ。それをまた返された傀儡たちは、無事では済まないはず。

「そこそこ頭がきれるみてぇだな。傀儡たちは、俺たち陰陽師にかけた呪詛に、その魂が消滅するまで食い荒らされる。俺の家族の命を食らったようにな」

薄ら笑いを浮かべ、愁明さんは悪びれもせずに言ってのけた。

「それじゃあ、術を解いて傀儡を解放する話は嘘？　初めから先代領主様を助ける気はなかったってこと？」

「俺は嘘はついてねえ。呪詛返しで〝傀儡の術は〟解けるしな。ただ、それで傀儡を助けられるとは、ひと言も言ってねえぞ。もし、そう勘違いしたっていうんなら、その狐が早とちりしただけだ」

「はあ!?」

一気に怒りが爆発するのが自分でもわかった。

「傀儡の術が解けるって聞いたら、コンさんたちは傀儡が無事に解放されると思うはずです！　コンさんたちが先代領主様を助けたい気持ちに付け込んで、言葉巧みにあなたの企みに加担させて、それじゃあ詐欺師と一緒です！」

「簡単に人を信じるから騙されんだろ。自業自得だ」

自業自得？

愁明さんの言葉は、私の神経を的確に逆撫でしてくる。

「コンさんたちがどれだけ必死だったか、わからなかったんですか？　それなのに騙すなんて……ひどすぎます！　そのせいで常世のあやかしたちも、自我を失ってしまったっていうのに！」

「たかがあやかしのことに、いちいち目くじら立ててんじゃねぇよ」

「あやかしをひとくくりにしないでください！」

私はコンさんをちらりと見る。

「料理好きでお店を開いたり、川辺の彼岸花を眺めて愛する人を思い出したり。あやかしは人と変わらないんです！　そこまであやかしを邪険にするのは、安倍家が受けた呪詛のせいですか？」

「それをお前に話すつもりはねぇ。呪詛を返して、俺は災厄そのものになったお前もろとも殺すだけだ。人間の女相手なら、大蛇よりも楽に仕留められるだろうからな」

愁明さんは札を放ち、オオカミの式神を何頭も生み出した。ガルルルルと口の皮を震わせ、今にも飛びかかってきそうだ。

「させません」

コンさんが狐火で先手を打ち、焼かれたオオカミは紙屑に戻る。でも、数が多すぎた。コンさんの横をすり抜けたオオカミが、私に噛みつこうとする。

「きゃあああっ」

悲鳴をあげて固く目を閉じたとき、パリンッとなにかが割れるような音がした。何事かと瞼を持ち上げる。

「どっかの阿呆が結界を破りやがった」

愁明さんが空を見上げながら舌打ちした。

私も視線を上げようとしたのだが、それより先になにかが地面に降り立つ。

「退屈しのぎに狩りはいい」

ものすごい速さだったので目で追えなかったが、空から降ってきたのは鬼丸だ。オオカミ二匹の首を両手の爪で突き刺すようにして持ち上げ、にやりとする。

「鬼丸がいるってことは――」

周囲に視線を巡らせていると、背後に優しい気配が立つのがわかった。

「なんだ、俺を探しているのか？」

「あ……」

――やっと来てくれた。

嬉しくて、それ以上言葉にならない。私は場が場だけに目に力を入れ、涙を堪えながら振り返る。唇も引き結び嗚咽を閉じ込めていると、朔がふっと笑みをこぼした。

「変な顔だな、雅。我慢せず、さっさと泣いてしまえばいいものを」

「だ、だって……」

愁明さんをなんとかして、常世に行って大蛇を浄化して、先代領主様をコンさんたちのもとへ返して……。やらなければならないことがたくさんある。今は泣いてる場合じゃないでしょう？

「なにを堪える必要がある。俺はお前がつらいとき、それを受け止め支えるために存在しているというのに」

でも、そんなこと言われたら……強がりの鎧なんて簡単に剝がれる。

朔は出会った頃から、私を裸にするのが得意だ。もちろん、断じていやらしい意味ではなく、体裁や義務に埋もれてしまう素直な私を見つけ出してくれる。

「朔、会いたかった！」

甘えるように両腕を伸ばしたとき、右手の刀がどくんっと鼓動を打った気がした。

「え……嫌っ」

右手が勝手に動き、朔目がけて刀を振るってしまう。それを驚きつつも難なく避けた朔だったが、表情を硬くしてこちらを見ていた。

「意識ははっきりしてるみたいだけど、大蛇の影響?」

いつの間にいたのか、酒利さんがコンさんを支えている。コンさんは私を守ろうと愁明さんに対峙している間も、本調子ではなかったのだろう。顔色が真っ青だった。

「陰陽師とは、俺が戯れ程度に遊んでやろう。朔、貴様はさっさと芦屋雅を常世へ連れていけ」

早くしろ、とばかりに鬼丸は愁明さんの式神を次々と狩っていく。

「俺の酒を飲めば、傷も早く癒えるぞ」

「酒、ですか? この状況で不謹慎な気もしますが、頂きます」

酒利さんがひょうたんを差し出すと、コンさんはおずおずと受け取っていた。そんな中、私は朔と向き合う。私たちの周りだけが、世界から切り離されたように静かだった。

「雅」

私の名を紡ぎながら、朔は一歩こちらへ足を踏み出した。後ずさりたいのに、足が言うことを聞かない。せめてもの抵抗に、私は叫ぶ。

「こ、来ないで!」

「旦那を邪険にするとは、つれない嫁だな。いくらお前が愛しいからといって、敵地で触れたりはしない。そう怯えるな」

「そんなこと心配してないよ！　私の身体、大蛇に乗っ取られてるの！　だから朔を傷つけるかもしれない……っ。お願い、こっちに来ないで！」

傷つけたくない。そんな私の心を嘲笑うかのように、刀を握る手に力がこもっていく。溢れる涙を拭う自由も奪われていた私は、泣きながら懇願した。

「私に、朔を殺させないで！」

「お前を未亡人にするつもりは毛頭ないが？」

朔がいつもより優しく微笑んでいるのは、私を安心させるためだろう。

「触ら、な……いで……」

消え入りそうな声でお願いするけれど、朔は止まらない。私の刀はついに、朔の腹部にめり込む。刀を通して、硬い肉を刃が突き進む感触が伝わってきた。

「嘘……ごめ、ごめんなさいっ……朔！」

「ぐっ――平気だ。泣くな」

朔はいつもそう。自分がつらいときこそ、私を気遣う。

「忘れたのか？」

額に汗を滲ませながら、朔が抱きしめてくる。そして、涙でぐちゃぐちゃの私の顔を両手で包んだ。

「お前だけが俺を癒せる」

　朔がそっと唇を重ねてきた。すると、朔の清らかな神気のおかげか、手にあった刀が弾けるように消滅する。朔の傷も、私から力を得たのだろう。みるみるうちに塞がっていった。

「敵地で触れたりはしないって……言ったのに」

「近くでお前の顔を見たら我慢できなかった。大目に見ろ」

「うう、またからかって……ほんと、よかっ……よかった……」

　泣きながら朔の胸にしがみつくと、掻き抱かれる。

　ほっとしたからか、くらりとめまいがした。自由が戻ったのも束の間、今度は身体が燃えるように熱くなる。

「なに、これ……風邪でもひいたみたいに熱い」

「内に飼っている大蛇への拒否反応だろう」

　朔は軽々と私を抱き上げた。

「くっ……、逃がすか。俺はそいつの中にいる大蛇に、呪詛を返さないとならねえんだよ」

　鬼丸にやられたのか、傷だらけの愁明さんが地面に膝をつきながらこちらを睨んでいる。それを冷めた目で見下ろしていた鬼丸は、はっと小馬鹿にするように笑った。

「元を辿れば、貴様の先祖が招いたことだろう。報いを受けるんだな」

「過去の人間の過ちを、なぜ俺たちが背負わねえとなんねえんだよ！　血が繋がっていようが、別の人間がしたことだろうが！」

愁明さんの叫びが、庭園に響き渡る。

「愁おじちゃん！」

そこへ凛くんが駆けてきた。小さな背中に愁明さんを隠し、鬼丸の前に立つ。その足は恐怖からか震えているのに、しっかり顔を上げて両手を広げた。

「どうか、愁おじちゃんを助けてください！　あと三年しかないんです！　どうか、どうか……っ」

「凛、やめ……」

「やめません！」

愁明さんの言葉を遮り、ぴしゃりと凛くんは言い放った。

「愁おじちゃんは、陰陽寮のたったひとりの陰陽師として、ずっと一族の行く末を案じていました。自分がいなくなれば、陰陽寮の人間は政府から見放される。そうなれば、残るのは陰陽師の血だけです。異質な存在を人間は恐れ、排除しようとするから……一族のみんなが危険な目に遭わないように、避難場所まで用意して……」

　現世では、私も異質な存在だった。両親にも同僚にも受け入れられず、常に好奇の視線に晒されて孤独だった。だけど、愁明さんたちの相手は政府だ。たとえ陰陽師としての力がなくても、陰陽寮の人間というだけで危険人物のように見られるかもしれない。そうなったら、国から追われることになるのだろうか。

「復讐の目的も、もちろんあったと思います。でも、一族のみんなを守りたい気持ちも本当なんです！　そのために、急いで短命の呪いを解こうとしていたのを僕は知っています！」

「もういい、お前は下がってろ」

　愁明さんが凛くんの肩を掴んで、後ろに押しやる。

「俺にはまだ、やるべきことがある。だから、ここで大蛇に呪詛を返す。引くわけにはいかねえんだよ」

「呪詛返しをしなきゃダメなの？　傀儡を浄化すれば、愁明さんを短命にした呪詛も消えない？」

　私は朔を見上げて尋ねた。

「浄化は心を洗うことでもある。恨みもともに晴らせれば、そこの陰陽師にかけられた呪詛も解けるだろうな」

　朔は私に気遣うような眼差しを向けつつ、答えてくれる。

「なに言ってんだよ。大蛇は俺の親を、祖父母を殺したんだぞ。なんの苦しみも味わわずに浄化されるなんて、理不尽だろうが」

愁明さんの言い分はもっともだし、間違いじゃない。だけど……。

「苦しみならもうずっと……何年、何百年も味わってます」

熱に浮かされて、頭がぼんやりとする。話すのも億劫で、今にも瞼がくっつきそうだったが、気力だけで耐えた。

「過去の陰陽師がしたことだけど、傀儡たちからしたら、陰陽師はひとくくりに悪なんだと……思います」

前に観音様も言っていた。

『たいていの者は裏切られたり、傷つけられたりすると、人そのもの、神そのもの、あやかしそのものを信じられなくなるものですから』

私は人間と同じように、あやかしや神様にもいい者と悪い者がいると考えている。でも、そう思えるようになったのは、私が実際に神様やあやかしに助けられたからだ。優しいあやかしや神様もいることを知ったからだ。

なら、真っ暗で途方もない時間、恨みつらみを抱えた者たちしかいない、閉ざされた世界で過ごした傀儡たちはどうだろう？　きっと陰陽師そのものを悪だと思うはず。

「先祖の過ちだとしても……陰陽師という仕事には付き纏う罪なのかもしれません」

鬼丸には、『藤姫を傀儡にした陰陽師はもういない』とか、『その罪を今の陰陽師が背負ったところで鬼丸の気持ちは晴れない』だとか、言ってしまった。それは理にかなっているけれど、正論とは言えない。奪われた側の感情を無視してる。たとえ自分の大事な者を傷つけた陰陽師が死のうと、憎しみは永遠に心に巣くうから。だから、新しい憎しみの矛先を探す。それが陰陽師と名乗る者全員に向けられたとしても、なんらおかしなことではない。

「日本も過去にたくさん戦争をしてきたけど、私はそれとは関係ない時代に生まれて……。でも、日本人として生まれた以上、日本人が犯した罪は、私たち現代人にも付き纏うし、背負わなきゃいけないこと……なんだと思うんです」

芦屋雅がしたことではなくても、日本人である私には関係があること。生まれた国、就いた仕事。そのそれぞれにあるどんな過去からも目を逸らしてはいけないのだ。

「私たちは、忘れちゃいけないんだと思う。積み重ねてきた歴史と、その中にある罪に向き合って初めて……私は、『日本人』であることを、愁明さんは『陰陽師』として名乗ることを許されるのかもしれません」

「陰陽師になった時点で、大蛇を生み出した先人の過ちも背負えってか」

苦い顔をする愁明さんに、私は頷く。

「偉そうなこと言って、すみません。だけど……もし、納得してもらえるなら、大蛇のことは、私たちに任せてください」

みんなが静かに、愁明さんの答えを待っていた。

愁明さんだって奪われた側だ。その上、自分を殺そうとしている大蛇をこれまで陰陽師が犯してきた罪への贖いとして救えだなんて、簡単には納得できないだろう。

しばらくして、愁明さんが長く息を吐いた。

「俺も……連れていけ」

「え？」

「安倍愁明個人としては、大蛇に復讐を望んでる。けどな、俺は陰陽師だ。俺を慕う者たちのためにも、これから陰陽師を名乗る覚悟として、先人の罪の尻拭いをしてやるよ」

上から目線のオンパレードではあるけれど、愁明さんの決断にみんなの空気が緩む。

「ありがとう、愁明さん」

「なんで、お前が感謝すんだよ」

「つらい決断だったはずだから」

それだけ言って限界がきた私は、眠気に抗えず瞼を閉じた。

「おかしな女だな」

愁明さんの呆れ交じりの声がする。

意識が深い闇の底に引きずり込まれていく中――。

「俺の嫁は、いい女だろう？」

朔のなぜか得意げなひと言が聞こえた気がした。

＊＊＊

私はまた、あの闇の中にいた。

ずぶりと音がして、振り返る。そこにいたのは、人型のシルエットをした泥状のなにか。頭には尖った耳が、お尻には九本の尻尾がある。

『帰リ……タイ』

〝それ〟が、目を開く。そのおぞましい血の色をした瞳で思い出した。前に私の肩を掴んできた化け物だと。

『帰ラナクテ、ハ……』

ぼたぼたと黒い泥のようなものを垂らしながら、化け物は腕を伸ばす。どろどろとしたその手の先には、子供の頃のコンさんと松明丸が駆け回っていた。

もしかして、この化け物って……。

私は早まる鼓動を鎮めるように深呼吸をする。そして、すうっと息を吸ってから、声をかけた。

「――先代領主様?」

その瞬間、目の前の化け物の泥が剝がれ落ちていく。コンさんの記憶の中で見た、先代領主様の出で立ちと同じ妖狐がそこに立っていた。

『父様ーっ』

『領主様!』

コンさんと松明丸が先代領主様に駆け寄り、なにやらそわそわしながら顔を見合わせる。

『どうしましたか?』

先代領主様が目線を合わせるように屈む。

ふたりは『せーのっ』と言って、後ろに隠していた黄色い水仙の花冠を先代領主様の頭に乗せた。

『父様、いつも頑張ってるので、贈り物をしようって松明丸と話していたんです』

『そうでしたか、ふたりともありがとうございます』

顔をくしゃっとして笑い、ふたりを抱きしめる領主様の目には涙が浮かんでいる。

そんな先代領主様を松明丸が羨むように見上げていた。

『松明丸?』

視線に気づいた先代領主様は首を傾げる。

『俺も妖狐だったらよかったのに』

『なぜです？　空を飛べる天狗のほうが、私は憧れますよ』

『でも、焔島は妖狐しかいないし……俺の翼は目立つんです。コンはこんなにかっこいい父様がいて、いいいな。俺の父様と母様は、里荒らしに遭ったときに死んじゃいましたから……』

目を伏せる松明丸の頭に、先代領主様は手を載せた。

『なにを言うのです。私はあの里であなたを拾ったときから、実の子同様に育ててきたつもりですよ？』

『領主様……』

『もし、松明丸さえよければ、私のことも父様と呼んでくれませんか？』

松明丸の瞳が落っこちそうなほど見開かれ——驚きの表情は泣き笑いへと変わる。

『はいっ、父様！』

そっか、子供の松明丸が『父様』と呼んでいたのは、先代領主様のことだったんだ。

『俺が兄貴としてコンを支えます！』

胸を張って断言する松明丸に、コンさんはすかさず抗言《こうげん》する。

『なんで私が弟なんですか！　歳は変わらないんですから、私が兄です！』

『コンはそば作りしかできないだろ！　狐火もうまく扱えないのに、兄を名乗るのは相応しくない！』

やいやいと喧嘩をするふたりを、先代領主様は温かい眼差しで見守っている。きっとこの時が、先代領主様にとって幸せの最高潮だったんだろう。

このあとに訪れる悲惨な末路を思うと、胸が痛んだ。

ふと、コンさんと松明丸が消える。その場に残された先代領主様の目から光が消え、景色は塗り替わるように京の町へと変化した。そこで陰陽師に操られるままに、先代領主様は同族のあやかしを襲う。

『ガアアアアアッ』

理性が欠如し、本能のままに吠える獣のようだ。白い着物は返り血に濡れ、紅に染まっている。

『アア……ア……』

——もう、誰も傷つけたくない。

先代領主様の心の声が響く。

——ああ、同胞《どうほう》よ。どうか許してください。

「……っ」

息が、胸が詰まる。

――誰か、誰か私を殺してくれ。

あやかしを狐火で焼きながら、先代領主様は『グアアアアッ』と叫んでいた。それは、私には慟哭のように聞こえた。

『この妖狐は使い勝手がいいな。多少傷を負っても動きが鈍らないぞ』

傀儡となった先代領主様を操っているのだろう陰陽師たちが、感心した風に言う。

『あやかし退治に、あやかしを使う。なかなかに酷なことをしていると思わぬか？』

そう尋ねた陰陽師の唇が歪な弧を描く。

『同族を手にかけた罪悪感。それを抱く心など、もう残ってはいまい』

『傀儡など、理性のない獣と大差ないからな』

『足が立たなくなるまで使って、あとは他の傀儡の餌にでもすればよい』

――許さぬ……あやかしの誇りも、心も踏みにじる人間共め！

先代領主様が恨みを吐き出した瞬間――。

『ぐあああっ』

陰陽師が次々と悲鳴をあげた。鼻や口、目……身体の穴という穴から黒い泥状のなにかが飛び出す。次第に陰陽師の肌は痣のような黒紫色に変わっていき、動かぬ骸に成り果てた。

陰陽師たちから出た泥は地面を這い、一か所に集まる。それはぶくぶくと沸騰したかと思えば、大きな蛇となって空に飛翔した。そして、現世にいる人間や神様、あやかしも見境なしに食らう。やがて、助走をつけるように勢いよく地面に潜っていき、大蛇が向かったのは常世だった。

もしかして……大蛇の中にいる傀儡たちは、帰りたかったのかな。愛する人のもとへ、生まれ育った故郷へ。

でもそこへ、白と黒の光線が大蛇を絡めとるように縛り、山へと誘う。おそらく、観音様と閻魔大王様だ。

憎しみのあまり暴走し、多くの命を奪った傀儡たちは大蛇山の洞穴に押し込められる。大きな蓮と雲の印が浮かび、岩の壁が現れると、ゆっくり洞穴の入口を塞いでいく。

『ヤメロオオオオオオ！』

外へ通ずる唯一の入口が目の前で閉じていき、差し込む光が少しずつ細くなっていくのをただ見つめた。胸に満ちていく絶望は誰の感情か。きっと、傀儡たち全員のものかもしれない。

——憎い、帰りたい、憎い、帰りたい。

暗闇の中にこだまする、たくさんの声。

——苦しい、誰か……助けてくれ……。

＊＊＊

ぽたぽたと、頬に当たる冷たい感触で目が覚めた。その瞬間、ひっきりなしに鳴っているのが雨音だと気づく。

「ここは……」

「目が覚めたか、ここは大蛇山だ」

顔を覗き込んできたのは、朔だった。私は朔の腕に抱えられながら周囲を見回す。最初に目に付いたのは洞穴だ。そこに、あの大蛇はいた。何度も外に出ようとして、入口を塞ぐ透明な壁にぶつかっている。

「あれ、結界？」

「そうだ。閻魔大王がお前の中から大蛇を引きずり出したあと、浄化の準備が整うまであそこに閉じ込めたんだ。その代わり……」

朔がどこかに向かって顎をしゃくる。視線を動かすと、そこには穢れに自我を失った白くんたちの姿があった。

「閻魔大王様の術で一時的に眠らせてたんじゃなかったっけ？」

「大蛇を閉じ込める結界を作るのは、閻魔大王とて根気がいる。力の消費も激しいからな、こいつらの相手は酒利たちに任せればいい」

それを聞いていた酒利さんが顔を引き攣らせた。

「ちょっと朔さん、神様使いが荒すぎやしませんか？」

「普段飲んだくれているぶん、働け」

朔が冷たく言い放ったとき、けたたましい怒声が耳をつんざく。

「なぜ、お前は俺を責めない！」

私は声が聞こえたほうへ顔を向ける。松明丸が赤く充血した目で、フーッ、フーッと荒い呼吸を繰り返し、コンさんを睨みつけていた。

「俺は、お前の父親を奪ったんだぞ！」

「あなたこそ、なぜです？　責めを受けるべきは、私でしょう！　陰陽師に襲われたとき、私はあなたを置いてひとりで常世に逃げた！　私のせいで酷い目に遭ったと、なぜ咎めないんです⁉」

「あれはっ、俺がそうしろって言ったんだ！　お前に助けを呼びに行かせるためになんでそう、全部自分ひとりで背負おうとするんだ！」

松明丸が翼をはためかせ、コンさんのもとまで飛んでいく。そのまま胸倉に掴みかかり、地面に押し倒した。その手はコンさんの首にかかり、強く締めていく。

「があっ……」

「コンさん！　誰か、コンさんを……！」

「来ないでください！」

コンさんが松明丸の腕を掴み、必死に抵抗しながら叫んだ。

「あの日、父様を失ったときのこと……は、ずっと話題にしないように……していました。でも、ずっとうやむやにしていては、いけなかったんです……っ」

お互い先代領主様を失ったのは、自分のせいだと責めてきたから――。先代領主様を失った日から、ふたりの間には兄弟や家族、主従といった関係よりも、より根深い罪という名の楔ができてしまった。

コンさんはきっと、その楔を松明丸と向き合うことで断ち切りたいんだ。

「昔のように……くっ、どこへ行くにもふたりで、どんなことも一緒に乗り越えていきたいんです」

そんな風に言われたら、駆け寄ってなんていけない。助けたい気持ちを必死に堪えていると、愁明さんが札を構えた。

「お前たちの話し合いが他の連中に邪魔されねぇように、結界張っといてやる」

そう言って、愁明さんが指で印を組む。ピキンッと弦が張るような音が鳴り、透明で四角い結界がコンさんたちを包んだ。

コンさんは苦しげにそれを見上げてから、愁明さんに視線を移してかすかに笑う。

「ありがとう、ございます」

「これは詫びだ。悪かったな、利用して」

愁明さんは静かに頭を下げる。口調こそきついが、礼を尽くす人なのかもしれない。

「松明丸、この際……腹を割って話しましょう。あなたは、なにを内に秘めているんです？　聞かせてください、あなたが抱えるもの……全部っ」

ときどき、首を圧迫する指に顔をしかめながら、コンさんは穏やかに語りかけた。

「ぐっ、ふう……コン、そう……だな。全部、ぶちまけて、やる……」

穢れの雨を受けて自我を失っていたはずなのに、先ほどから松明丸の言葉には、ちゃんと脈絡がある。コンさんの声が、彼の心を繋ぎとめているのかもしれない。

「先代領主様に焔島を頼まれたからって、領主にまでなって……。そば屋やりたいって言ってたお前が、望む人生を歩めなかったのは、俺のせいだろう！」

「それは違います！」

松明丸に上に乗りかかられながらも、コンさんは真っ向から反論した。

「あなたこそ、どうしてそうやってひとりで背負おうとするんです？　私は父様の言葉がなくても、焔島の民のためになることなら、なんでもやりたいと思っていました。それがそば屋から、領主に変わっただけです！」

「俺に気を遣ってるんだろう。俺が自分を責めないように！」

「これだけ言っても、まだわかりませんか！」

コンさんは自分の首を絞める腕から手を離し、松明丸の頬をパシンッと強く叩く。

松明丸の目が大きく見開かれた。その瞳からは毒気が抜け、コンさんの首を絞めつけていた手からも徐々に力が抜けていく。

「軽率に現世に行き、大事な父を失った過ちはふたりで背負いたかった！　痛みも喪失感も罪悪感も……あなたとなら理解し合える。分かち合いたかったんですよ！」

コンさんの悲痛な訴えが辺りに響いた。

しばらく静止していた松明丸が、ゆっくりとコンさんの胸に額を押しつける。

「俺たち……自分のことばっかりだったんだな」

「いいえ、お互いのことばっかり考えていたんですよ。相思相愛というやつですね」

ぽんっと、コンさんが松明丸の背中に手を置いた。

「気色悪いこと言うな」

顔を上げた松明丸とコンさんが笑い合う。

「今度こそ、ふたりで乗り越えましょう」

「ああ」

ふたりが立ち上がる。子供の頃とは違って、今度はコンさんが松明丸の手を握り、大蛇のもとへと引っ張っていった。

「朔、私たちも始めよう」

「そうだな」

朔は私をそっと地面に下ろす。大蛇を身体に入れていた影響か、足に力が入らず、私はふらついてしまった。

「俺に寄りかかっていろ」

すかさず朔が肩を引き寄せてくれる。その胸に体重を預けながら、私は朔の腰に差してある刀の柄を握った。

「雅？」

「傀儡たちを解放してあげて」

私は血に宿る力を分けるため、刀を鞘から少しだけ引き抜き、露わになった刀身に指を滑らせる。鋭い痛みが走り、私は小さく「……っ」と息を詰めた。朔が心配そうに見てきたが、大丈夫だと首を横に振る。外気に触れてヒリッとする指先を、朔の唇に寄せた。流れる血がこぼれないように、ゆっくりと慎重に。

「雅、お前の願いは俺が叶える」

朔は私の手を柔らかく掴み、甲へと流れる血液を丁寧に舌で掬い上げる。そして、緩やかに私の指先を口に含んだ。

その瞬間、朔の輪郭が淡い光を放ち始める。朔の喉仏が上下するたび、空気が清められていくのがわかった。

やがて朔が私の指から口を離す。刀でつけた傷は、朔の力で跡形もなく癒えていた。私は触れられていた手を胸に引き寄せる。

そして、朔と視線を交わし、心を通わせると――。

「「終わらせよう」」

思いとともに、声が重なる。

朔は刀を抜き、天へ掲げた。刀身から淡い光――桜の花びらが剝がれ落ち、はらはらと辺りに優しく舞う。景色は温かな桃色に変えられていく。

「結界を解くぞ」

天から閻魔大王様の声が落ちてきた。洞穴の前にあった透明の壁が消え、大蛇はいちばん近くにいたコンさんたちに牙を剝く。

「雅、行ってくる」

耳元で、かすかな囁き。

「行ってらっしゃい」

目を閉じ、そう返した途端――。ぶわっと風が吹き、私の髪が巻き上がった。そばにあった温もりが遠ざかる気配がして、再び瞼を開く。

朔は桃色の風とともに、光の速さで大蛇を刀で一突きした。

『グギャアアアッ』

刃が刺さったところから、大蛇の身体は桜の花弁へと変わり散っていく。辺りには無数の光る玉が浮いていた。

これは……。

「魂だ」

答えてくれたのは、閻魔大王様だった。

「少しばかり、遅かったようだ。ただでさえ傀儡として陰陽師に力を酷使させられていたのだ。大蛇になってからも憎しみに身を任せ、暴走した。その付けが回ってきたのだ。あやつらの魂はもう、消滅するほかない」

「そんな……じゃあ、先代領主様も？」

コンさんたちへ視線を向ける。彼らの前には、光の玉――消えかけている魂がひとつ浮いていた。

「すみません、父様……」

「俺たち、なんのためにここまで……っ」

あれは先代領主様の魂なんだ。

その前で嘆き、崩れ落ちるふたりに居ても立っても居られなくなった。私は力が入らない足を無理やり動かして、地面を蹴る。ふらつきながらも先代領主様のそばまで駆けていくと、手を伸ばした。

少しでいい、お別れをする時間だけでいいから――。私の中の奇跡の魂、どうか先代領主様に力を与えて！　大事な息子たちに、姿を見せられるくらいの力を！

願いを込めて先代領主様の魂に触れると、光が強くなった気がした。みるみる明るくなっていくそれは、人型を象る。

「コン、松明丸」

うっすらと先代領主様の姿が現れた。透けているが、顔ははっきりしている。

コンさんと松明丸は信じられないといった様子で、先代領主様を穴が開くほど凝視していた。ずっと会いたくてたまらなかったのだから、当然だ。

ふたりの瞳はどんどん潤み、ハの字になっていた眉が寄る。泣くまいと顔に力を入れているふたりを見て、先代領主様は両手を広げた。

「おいで」

そのひと言で、ふたりは父の胸に飛び込む。

先代領主様はコンさんたちの背に両腕を回した。けれど、幼い頃より何倍も広くなったせいか、回りきらない。それほど、彼らは立派なあやかしになっていたのだ。

「ずっと、こうして抱きしめたかった。大きくなりましたね」

「あれから数えるのも嫌になるほど、時が経ちましたから……」

コンさんが先代領主様の胸に顔を埋めながら、くぐもった声で答える。

「そうですね、できることなら……そばで、お前たちの成長を見届けたかった」

「なんで、なんでだ……っ、やっと取り戻せたと思ったのに！　申し訳ありません、先代、俺……っ」

「松明丸」

俯いて涙を流す松明丸の頭に、先代領主様が手を置いた。

「もう、父様とは……呼んでくれないのですか？」

優しい口調で先代領主様は語りかけるが、松明丸は髪を振り乱して頭を振る。

「そんな資格、俺にはありません」

「……罰が、欲しいのですか？」

「そうかも、しれません。贖っているうちは、許された気になる」

「ならば、これからも私を父として心に刻んでください」

松明丸が「え？」と顔を上げた。

「ずっと、寒くて憎しみしかない暗闇の中にいました。だからこそ、思うのです。ここで肉体や魂が滅びようとも、我が子の心に私という存在が残るのなら、それ以上に幸せなことなどないと。きっとそこは、温かく愛に溢れている場所ですから」

ふわっと微笑み、先代領主様は自分の胸をぽんっと叩く。

「思い出すたび、きっとつらい記憶も同時に蘇ることでしょう。ですが、私を忘れないこと。それが――私が息子たちに贈る、形見の罰です」

優しい罰を与える先代領主様に、ふたりは何度も首を縦に振っていた。

「松明丸と、一生をかけて償います」

「コン、領主は自分自身も幸せでなければなりません。でなければ、他者を慈しむことはできないのです。もし迷うことがあったら、この父の言葉もともに思い出してください」

「……っ、はい」

先代領主様の身体が少しずつ薄くなっていき、背景が透けて見えた。もう、別れの時は近い。

「松明丸、よくここまでコンを引っ張っていってくれました。ですが、時には誰かを頼ってもいいのです。全部、自分でしょい込まないこと。ひとりで立っていられないときは、コンに寄りかかること。私と約束してくれますか？」

「約束します、なにがあっても絶対に、コンと乗り越えると」

強く答えたあと、松明丸が迷うように目を伏せ、もう一度上げた。口を開いては閉じ、その間にも先代領主様の姿は景色に溶けていく。

「……、……、――父様！」

まるで戒めのように、父と慕っていたあやかしを先代と呼んでいた松明丸。ようやく、自分を許せたのだろう。

「父様、俺を息子にしてくれて、ありがとうございます！」

泣き笑いとともに、深く深くお辞儀をする。領主への尊敬と父への感謝、その両方がこもっている仕草だった。

「ああ、ふたりとも……達者で……」

去り際も、潔かった。『どうして自分が』とか、『死にたくない』とか、嘆いたり喚いたりせずに、ただ先代領主として、父として微笑んでいた。その強さは、きっと息子であるふたりの胸に刻まれたに違いない。

数多の光の玉が、空へと昇るように消えていく。それが天へ還るようにも見えて、不謹慎にも綺麗だと思ってしまった。

災厄ともいわれる大蛇が浄化されたせいか、黒い雨が止む。常世の空を覆っていた闇が晴れ、灰色の雲間から顔を出した太陽の光がいくつも差し込んだ。それをみんなで眺めていると、「つっかれたー」と気の抜けそうな声がする。

犯人は酒利さんだ。いつの間にか、私の足元で胡坐をかいている。髪はボサボサで、頬は切れているし、服は土埃で真っ黒だった。

「ボロボロですね、酒利さん」

「ほんとだよー、もうくったくた。これは白くんと黒に、うまい酒のつまみでも作ってもらわないと、割に合わないって」

つまみで手を打ってくれるなんて、酒利さんは優しい。

そんな風に思っていると、白くんと黒が気まずそうに近づいてきた。

「つまみなら、いくらでも作る」

「それで許されるとは思ってないけど、僕も腕によりをかけるよ！　本当に、本当にごめんねえーっ」

白くんが泣きながら、酒利さんの首にしがみつく。そのまま足の間におさまる白くんの頭を、酒利さんは「おー、よしよし」と言いながら、ぽんぽんと撫でていた。

なんというか、お父さんとその息子、みたいな絵面だ。

「貴様、元は俺の眷属だろう。この程度の穢れに呑まれるとは、期待外れもいいところだ」

少し離れたところで、鬼丸が腕を組み、トラちゃんを呆れたように見下ろしていた。

「俺はもう鬼丸様の眷属じゃないんだから、そんなこと言われる筋合いないぞ！　なんたって、雅の眷属なんだからな！」

「ならなおさら、主の敵に回ったお前は捨てられるかもしれんな」

鬼丸はにたりとする。

わざと不安を煽るようなこと言って、性悪すぎる。

「え……」

案の定、トラちゃんが迷子のような目で、私を振り返った。

「いやいや、捨てないからね？　私、そんな薄情じゃないからね？」

即答すると、トラちゃんの沈みきっていた表情がぱっと輝く。

「ほら見ろ！　雅は俺を必要としてるんだよ！」

鼻息荒く自慢するトラちゃん。でもすぐに、照れくさくなったんだろう。ムッとした顔を装いながら、「ま、まあ当然だな！　俺、強いしな！」と、トラちゃんのツンデレが発動する。

もう、賑やかだなあ。

私のそばにある当たり前の日常が戻ってきたのだと実感して、嬉しくなった。

「終わった……のか？」

愁明さんがグローブを外した手を感慨深そうに見つめて、呟いている。その手にびっしりとあった紫色の斑の痣は、綺麗に消えていた。

よかった……愁明さんの呪詛が解けたんだ。

「これで、俺は……」

空を仰ぐ愁明さんの目尻に光るものが見えて、私はすっと視線を逸らした。

三十歳になっても、その先も生きられる。未来を取り戻して、思うところがきっとあるのだ。

「皆さん」

しばらく、名残惜しむように立ち尽くしていたコンさんたちが、私たちに向き直る。

「このたびは多大なるご迷惑をおかけして申し訳ありません。皆様方や常世のあやかしたちを危険に晒したことは、領主としてあるまじき行為でした。地位の剝奪も仕方ないと思っています。罰なら、なんなりとお受けします」

コンさんが頭を下げると、松明丸も一拍遅れで続いた。

「この松明丸も、主とともに贖罪に努める所存です」

顔を上げずに、ふたりは審判を待っている。これに関して発言を許されるのは、常世の管理者だけだ。

「常世の秩序を乱したことは、重大な罪である。だが罰なら、お前たちの父がすでに与えている。よって、お前たちふたりは生涯を賭け、焔島先代領主が科した罰を受け続けることを命ずる」

ふたりは軽すぎる判決の意図を推し量るように、宙におわす閻魔大王様を見上げている。

「私と観音は大蛇を封印することしかできなかった。だが、お前たちの働きでこうして浄化することができたのだ。ここにいる誰が欠けても、成し得なかったことだろう。それが真意だ」

「『ご恩情に感謝します』」

コンさんたちはもう一度頭を下げ、今度は私たちの前にやってきた。

「皆さんのおかげで、最期にお別れができました」

「コン、貴様の目的は達成したのだろう？　ならば地獄そば屋は畳むのか？」

鬼丸の問いに、私は焦る。

常世で唯一、かろうじて人間が食べられそうなそばを出してくれる地獄そば屋が……がなくなる⁉

「それは断固反対です！」

思わず、声をあげてしまった。みんなの視線が一気に私に集まる。

「常世って、『化け猫の脳髄』とか、『砂かけばばあの指』とか、とにかくグロテスクな食材が多いじゃないですか！」

ああ、思い出しただけで吐き気が……。

私はぞっとしながら、営業を続行してくれないかと大きな身振り手振りで訴える。

「地獄そば屋は、人間の私でも口にできる料理を出してくれる、貴重なお店ですし、閉店されたら、また来たときに困ります！」

「おい、また常世に来る気でいるのか」

　松明丸が口をあんぐりとさせている。その横でコンさんは、ふふっと笑みをこぼし、

「失礼」と口元を手の甲で押さえた。

「領主自身も幸せであれと、そう父様もおっしゃっていましたし、地獄そば屋は続けますよ」

「そば屋だけに専念されるのは困るがな」

「そのときは、松明丸が私を迎えに来てくれるんでしょう？」

「仕方ない。焔島の領主と地獄そば屋の店主。二足の草鞋《わらじ》を履くお前を、家族として、従者として支える。それが俺の望みだからな」

　彼らの間に、罪悪感の楔はもうない。

　本当によかった。

　心から安堵したとき、めまいに襲われた。きつく目を閉じると、身体がぐらりと揺れる。なんとか足を踏ん張ろうとしたが、無駄だったようだ。

　私は後ろへ吸い寄せられていく。だが、背中に感じたのは地面の固さではなく、それよりは少しばかり柔らかな胸板。私を受け止めた誰かから、ふわりと桜が香る。その甘い匂いに誘われて目を開けたときには、視界いっぱいに朔の顔があった。

「よく頑張ったな」

この人の腕の中にいると、途端に自分が幼子に戻ったような気になる。

私が甘えられない性格であることを知っているから、朔は大げさなくらいに褒めてくるし、過保護なくらい心配してくれる。甘やかしてくれるから、朔のそばでだと私は素直になれるのだ。

「帰るぞ、俺たちの家に」

髪を梳く手が気持ちよくて、私は返事が出来ずに微睡《まどろ》む。やがて、まるで桜の褥《しとね》に沈むように、私は眠りへと落ちていった。

終章　雨上がりの触れ合い

目を覚ました私は、いつもとは違う風景に狼狽えていた。

「私の部屋じゃない」

大蛇山で倒れて、そのあと朔に運ばれて桜月神社に帰ってきたところまでは覚えている。

部屋を照らすのは月明りだけなので、薄暗くて見えにくいが、たぶんここは……。

「ようやく眠りの世界から戻ったか、雅」

やっぱり朔の部屋だった。

なにが驚きかって、同じ布団で朔が添い寝していることだ。

「もう、どこから突っ込めばいいのかわからない」

「なにをぶつぶつ言っている」

怪訝な顔をした朔だったが、私の頬に手を添えて労わるように撫でた。

「身体の調子はよくなったか？」

改めて聞かれると、まだ頭はぼーっとするし、心なしか全身が火照っているような気がする。

「怠《だる》さは残ってるかも」

「ならば、もうひと眠りするといい」

「うん……」

言われた通りに眠ろうと瞼を閉じる。でも、なんとなく朔の体温に落ち着かなくなって、もぞもぞと動いていたら――。

「なにをしている」

目を開ければ、得体の知れないものでも見たような朔の顔が間近にあった。

「いや……なんで朔が同じ布団にいるのかなって」

本当は朔を意識してるから落ち着かないんだけど、それを悟られるのは恥ずかしくて、ごまかしてしまった。

「全部終わったら、夜は一緒に寝てほしいと言っただろう。それも毎日な」

「あ、言ったかも」

大蛇を浄化するとふたりで決めた夜のことだ。摩天楼の屋根の上で、私は朔といくつも約束をした。

「かも、だと？　お前は約束を忘れる天才だな」

朔が皮肉を込めて言う。初めて朔と出会ったときに交わした、〝大人になったら朔の嫁になる〟という約束を忘れたことを根に持っているらしい。

「ごめんね、いろいろありすぎて頭から抜け落ちてた。だけど、いいの？」

「なにがだ？」

「ほら、大蛇のこととか起こる前、夜に私が朔の部屋に行ったことがあったでしょ？

あのときは朔、あんまり部屋に来てほしくなさそうだったから」

ああ、と朔はすぐに思い至ったような顔をする。

「あれは……」

そう言いかけ、朔は迷うように瞳を揺らし、口を閉じた。話すか否か、悩んでいる様子だった。

でも、心を決めたのだろう。瞬きをひとつして、静かに、それでいて強く私を見つめる。

「神と契るというのは、簡単なことではない」

「うん……？」

——契る？

「神とて男だ。夜分に好いた女が部屋を訪ねてきたら、そういう気分にもなる」

——ああ、そういうこと！

意味に気づいた途端、全身が穢れの影響とは別に熱くなる。

「だが、本当にそういう仲になったら、お前の選択を狭める気がした」

「選択？」

「この先、人の世に帰りたくなることもあるだろう。だが、神と繋がりを持ち、こちら側の人間になれば、そう簡単には現世へ戻れなくなる。神は人の世に過剰に関わってはならないからな。あくまで見守り、導くまでが許されている」

じゃあ朔は、私が現世に戻りたいと思ったときのために、『帰る』という選択肢を残そうとしてくれていたということ？

ようやく、あの冷たい態度の理由がわかり、私はなんというか脱力した。

朔の優しさは、いつもさりげなさすぎてわかりづらい。

「触れたいと願っても、後先考えず奪うことはできない。だが、神の理性にも限界というものがあるからな。あのときは突き放すしか、方法が思いつかなかった」

「やっぱり、朔って不器用なところあるよね。その不安を、そのまま打ち明けてくれたらよかったのに」

そうすれば、あんなに胸が苦しくなることもなかった。

「お前を神世に縛りつけてでも、抱きたいと思っている。そう俺に言えと？」

「――なっ」

打ち明けろって言ったのは私だ。でもやっぱり、朔の言葉は直球すぎる。これでもかと構えていないと、心臓発作を起こしかねない。

「さすがの俺も、口にするのは勇気がいる」

「聞くほうも心の準備が必要みたい」

私たちはどちらともなく額を重ね、ふっと小さく笑う。

「朔、私のことを大切にしてくれてありがとう。私の気づかないところで、きっといろんなものから守ってくれてたんだよね」

私は朔の腰に腕を回して、抱きついた。

「私はすぐ感情的になるし、考えるより先に動いちゃうから……朔を注意深く見てないと、そういう気遣いに気づけなかったりする。だからもし、私を守ろうとしてなにかするときは覚えておいて」

甘い匂いのする胸元から顔を上げ、まっすぐにその目を見つめる。

朔も、どういう意味だと私の瞳を探っていた。

「私は他の誰でもなく、朔のそばにいたいっていつでも思ってる。朔は、人間は簡単に夫婦の契りを切る、みたいなこと言ってたけど、私は違うからね？」

私は目の前の顔を両手で包み、朔の胸にひと言ひと言刻み込むように告げていく。

「あなたが行く場所が神世でも現世でも、常世の地獄でも、どこまでもついていく。あなたが果てる場所が私の骨を埋める場所。その覚悟ならとっくにできてるんだよ」

私は結婚してから、彼に恋をした。そして今は、命が終わるその瞬間まで朔と生きていきたい。そう思えるほど、彼を愛している。順序は世間一般と比べれば逆なのかもしれないけれど、そんな夫婦がいたっていい。大事なのは今のお互いの気持ちだ。

「私の幸せの中には、朔が幸せでいてくれることも含まれてる。私を守りたいなら、朔が望んでいることを後回しにしたりしないで」

冗談でならいくらでも私に触れてくるくせに、ここぞというときは身を引いてしまう誠実な人。だから私は、証明することにした。

「私が思い描く未来には、朔が必ずいるってことを忘れないで」

相手が神様でも、うんと長生きの彼より、いつか私のほうが先に年老いてしまうのだとしても、あなたと生きていく。

その誓いを立てるように、私は自分から朔に口づけた。

触れ合う唇が震えている。どちらがなのかはわからない。たぶん、お互いに怖かったのだ。心の中で大きくなっていく存在だからこそ、自分は相手に相応しいのかと。

「雅、雅――」

私たちは、お互いの熱でその不安を溶かす。

「俺は覚悟しきれていなかったようだな」

口づけの合間に吐露される朔の想いに、私は目を閉じて耳を傾けた。

「雅は、とっくに心を決めていたというのに」

どしゃぶりや小雨を繰り返しながら、私たちの間に降り続いていた雨が少しずつあがっていく。

「――雅」

改めて名を紡がれ、どきっと心臓が跳ねた。私をじっと見つめる、月冴《つきさ》ゆる瞳から目が離せない。

「その身も心も、未来さえも――俺に委ねてくれ」

「あっ」

生まれて初めて恋を知った少女のように、胸が高鳴った。

「うん……うんっ、朔と一緒に生きていく。いつまでも、どこまでも――」

もう一度、近づいてくる朔の気配。口づけの予感がして、私はそっと瞼を閉じる。

今日はもうひとつの約束も叶えられそうだ。朔の『おはよう』と『おやすみ』を誰よりも先に、私がいちばんに聞ける。

だって、空が白々と明けていこうとも……。私は今宵、この腕の中から出ることは、ないのだから――。

END

あとがき

こんにちは、涙鳴です。『このたび不本意ながら、神様の花嫁になりました』の続巻となる本作『またもや不本意ながら、神様の花嫁は今宵も寵愛されてます』を手に取ってくださり、ありがとうございます。

まさか、雅と朔の物語をまた書かせてもらえるなんて夢にも思ってもいなかったので、お話をいただいたときは嬉しくてたまりませんでした。

ファンレターにも、朔と雅のイラストを描いて送ってくださった方がいたりして、この作品のキャラクターたちがどれだけ愛されているのかを実感して、感動してしまいました。

さて、本作は前作ではあまり登場シーンがなかった酒利さんやコンさん、松明丸にたくさん活躍してもらいたかったので、作者としてはとても満足なのですが……。自己満足でごめんなさい（笑）。みなさんから頂いた感想には、もっと藤姫と鬼丸のお話が読みたかったと言っていただくことが多く、私もどこかで書けたらなあと思っています。

新キャラクターである陰陽師の愁明さんと、そのお付きの凛くんのお話もどこかで書きたいです。今度は、雅たちのことを助けてくれる存在として出せたらいいなあと密かに願っています。

本作のイラストについてですが、前作に引き続き、ななミツ先生が担当くださっています。雅の着物もお色直しして、なんというか桜や着物の色が赤く色づいていくたびに、雅と朔の仲が深まっている様子が伝わってくるなと個人的に感じております。ななミツ先生、素敵なイラストをありがとうございました！

最後になりますが、書籍化するにあたり尽力くださった担当編集の後藤様をはじめ、編集協力くださった田村様、校閲様、デザイナー様、販売部様、スターツ出版の皆様、大変お世話になりました。

そして、なによりこの作品を愛してくださった読者様に心から感謝申し上げます！

二〇二〇年五月　涙鳴

この物語はフィクションです。実在の人物、団体等とは一切関係がありません。

涙鳴先生へのファンレターのあて先
〒104-0031　東京都中央区京橋1-3-1　八重洲口大栄ビル7F
スターツ出版（株）書籍編集部 気付
涙鳴先生

またもや不本意ながら、神様の花嫁は今宵も寵愛されてます

2020年5月28日　初版第1刷発行

著　者　　涙鳴　

発 行 人　菊地修一
デザイン　カバー　おおの蛍（ムシカゴグラフィクス）
　　　　　フォーマット　西村弘美
発 行 所　スターツ出版株式会社
　　　　　〒104-0031
　　　　　東京都中央区京橋1-3-1　八重洲口大栄ビル7F
　　　　　出版マーケティンググループ　TEL 03-6202-0386
　　　　　（ご注文等に関するお問い合わせ）
　　　　　URL　https://starts-pub.jp/
印 刷 所　大日本印刷株式会社

Printed in Japan

ISBN　978-4-8137-0909-1　C0193

スターツ出版文庫　好評発売中!!

『きみの知らない十二ヶ月目の花言葉』いぬじゅん・櫻《さくら》いいよ・著

本当に大好きだった。君との恋が永遠に続くと思っていたのに――。廃部間近の園芸部で出会った僕と風花。花が咲くように柔らかく笑う風花との出会いは運命だった。春夏秋と季節は巡り、僕らは恋に落ちる。けれど幸せは長くは続かない。僕の身体を病が蝕んでいたから…。切なくて儚い恋。しかし悲恋の結末にはとある“秘密”が隠されていて――。恋愛小説の名手、いぬじゅん×櫻いいよが男女の視点を交互に描く、感動と希望に満ち溢れた純愛小説。

ISBN978-4-8137-0893-3 ／ 定価：本体680円＋税

『カフェ飯男子とそば屋の跡継ぎ～崖っぷち無職、最高の天ざるに出会う。～』喜《き》咲《さき》冬《とう》子《こ》・著

預金残高325円。相棒に裏切られ、カフェ開業の夢を絶たれた武士は、今まさに屋根から飛び降りようとしていた。その一瞬、目に留まったのは向かいのそば屋。「最後に美味い飯が食いたい」実はそこは、かつての友人・道久が働くお店。そして、絶賛求人募集中だった！　人生最後のご飯のつもりがまさかの逆転⁉　しかもこの商店街、何かが変で…⁉　料理に人生を賭けるふたりの男が、人間も幽霊も、とにかく皆のお腹を満たします！

ISBN978-4-8137-0894-0 ／ 定価：本体610円＋税

『ご懐妊‼3～愛は続くよ、どこまでも～』砂川雨路《すながわあめみち》・著

愛娘・みなみの誕生から半年。愛する旦那様・ゼンさんと育児に奮闘中の佐波は、勤務先からの要請で急きょ保活をスタート。１歳にもならないみなみを預けることに葛藤を抱きながらも無事に職場復帰を果たすが、育児と仕事の両立、みなみの病気など、ワーキングマザー生活は想像以上に大変で…。しかも追い打ちをかけるように、ゼンさんに美人派遣社員との浮気疑惑が！初めての夫婦の危機に佐波はどうする…⁉人気のご懐妊シリーズ、ついに完結！

ISBN978-4-8137-0895-7 ／ 定価：本体600円＋税

『神様こどもと狛犬男子のもふもふカフェ～みんなのお悩み祓います！～』江本《えもと》マシメサ・著

東京での生活に疲れた花乃は、母親代わりだった祖母が亡くなったのを機に、田舎にある祖母の家へと引っ越してくる。しかし無人のはずの家には見知らぬイケメンが三人住んでいて、「和風カフェ・狛犬」の看板が。彼らは地元の神様と狛犬で、祖母の依頼で人間に姿を変えカフェを開いていたのだ。祖母の意志を継ぎ、彼らと共にカフェを続けることにした花乃。お菓子を作り、訳ありなお客様を迎えるうちに、やがて忘れていた“大事なもの”を取り戻していって――。

ISBN978-4-8137-0896-4 ／ 定価：本体580円＋税

スターツ出版文庫　好評発売中!!

『こんなにも美しい世界で、また君に出会えたということ。』小鳥居《ことりい》ほたる・著

冴えない日々を送る僕・朝陽の前に現れた東雲詩乃という少女。「お礼をしたくて会いにきたの」と言う彼女を朝陽は思い出せずにいた。“時間がない”と切迫した詩乃の真意を探るべく、彼女を匿うことにした朝陽は、時に明るく、時に根暗な詩乃の二面性に違和感を覚えはじめ…。詩乃が抱える秘密が明かされる時、朝陽と彼女たちの運命が動き出す——。「バイバイ、朝陽くん……」切なく瑞々しい恋物語の名手・小鳥居ほたるが贈る、不思議な三角関係恋物語。

ISBN978-4-8137-0852-0 ／ 定価：本体590円＋税

『化け神さん家のお嫁ごはん』　忍丸《しのぶまる》・著

両親の他界で天涯孤独となった真宵。定食屋の看板娘だった彼女は、明日をも知れない状況に、両親が遺した“縁談”を受けることに。しかし相手は幽世の化け神様で!?　朧と名乗る彼は、その恐ろしい見た目故に孤独で生きてきた神様だった。けれど、怯えながらも『愛妻ごはん』をつくる真宵が小さな火傷を負えば朧は慌てふためき、発熱しては側にいてくれたりと、かなり過保護な様子。朧の不器用なギャップに心惹かれていく真宵だが、夫婦にとある試練が訪れて…。

ISBN978-4-8137-0853-7 ／ 定価：本体620円＋税

『彩堂かすみの謎解きフィルム』　騎月孝弘《きづきたかひろ》・著

『わたし、支配人ですから』——街の小さな映画館を営む美女・かすみさん。突然無職になった呼人は、清楚な出で立ちの彼女に誘われ『名画座オリオン』で働くことになる。普段はおっとりした性格の彼女だけど、映画のことになるとたちまち豹変!?　映画とお客さんにまつわる秘密を、興奮まじりで饒舌に解き明かし、それはまるで名探偵のよう。映画館に持ち込まれる日常の謎を解かずにはいられないかすみさんに、呼人は今日も振り回されて…。

ISBN978-4-8137-0855-1 ／ 定価：本体630円＋税

『真夜中の植物レストラン～幸せを呼ぶジェノベーゼパスタ～』春田《はるた》モカ・著

同じ会社に勤めるエリートSE・草壁の家に、ひょんなことからお邪魔する羽目になった大食いOLの菜乃。無口なイケメン・草壁の自宅は、なんと植物園のごとく草花で溢れかえっていた。「祖母が経営してた花屋をそのまんまレストランにした」という草壁は、野草や野菜を使った絶品料理を作り、隣のアパートの住人をお客として巻き込んで、毎週金曜の深夜だけ植物レストランを開いていたのだ。お手伝いで働くことになった菜乃は草壁と接するうちに、特別な感情が生まれてきて…。

ISBN978-4-8137-0856-8 ／ 定価：本体580円＋税

スターツ出版文庫　好評発売中!!

『君を忘れたそのあとに。』　いぬじゅん・著

家庭の都合で、半年ごとに転校を繰り返している瑞穂。度重なる別れから自分の心を守るため、クラスメイトに心を閉ざすのが常となっていた。高二の春、瑞穂は同じく転校生としてやってきた駿河と出会う。すぐにクラスに馴染んでいく人気者の駿河。いつも通り無関心を貫くつもりだったのに、転校ばかりという共通点のある駿河と瑞穂は次第に心を通わせ合い、それは恋心へと発展して…。やがてふたりの間にあるつながりが明らかになる時、瑞穂の"転校"にも終止符が打たれる…!?

ISBN978-4-8137-0795-0 ／ 定価：本体570円＋税

『ご懐妊!! 2～育児はツライよ～』　砂川雨路《すながわあめみち》・著

上司のゼンさんと一夜の過ちで赤ちゃんを授かり、スピード結婚した佐波。責任を取るために始まった関係だったけど、大変な妊娠期間を乗り越えるうちに互いに恋心が生まれ、無事に娘のみなみを出産。夫婦関係は順風満帆に思えたけれど…？育児に24時間かかりっきりで、"妻の役目"を果たせないことに申し訳なさを感じる佐波。みなみも大事だし、もちろんゼンさんも大事。私、ちゃんと"いい妻"ができているの――？夫婦としての絆を深めていくふたりのドタバタ育児奮闘記、第二巻！

ISBN978-4-8137-0796-7 ／ 定価：本体580円＋税

『お嫁さま！～不本意ですがお見合い結婚しました～』　西《にし》ナナヲ・著

恋に奥手な25歳の桃子。叔父のすすめで５つ年上の久人と見合いをするが、その席で彼から「嫁として不足なければ誰でも良かった」とまさかの衝撃発言を受ける。しかし、無礼だけど正直な態度に、逆に魅力を感じた桃子は、彼との結婚を決意。大人で包容力がある久人との新婚生活は意外と順風満帆で、やがて桃子は彼に惹かれていくが、彼が結婚するに至ったある秘密が明らかになり…!?　"お見合い結婚"で結ばれたふたりは、真の夫婦になれるのか…!?

ISBN978-4-8137-0777-6 ／ 定価：本体600円＋税

『探し屋　安倍保明の妖しい事件簿』　真山《まやま》 空《そら》・著

ひっそりと佇む茶房『春夏冬』。アルバイトの稲成小太郎は、ひょんなことから謎の常連客・安倍保明が営む"探し屋"という妖しい仕事を手伝わされることに。しかし、角が生えていたり、顔を失くしていたり、依頼主も探し物も普通じゃなくて!?　なにより普通じゃない、傍若無人でひねくれ者の安倍に振り回される小太郎だったが、ある日、安倍に秘密を知られてしまい…。「君はウソツキだな」――相容れない凸凹コンビが繰り広げる探し物ミステリー、捜査開始！

ISBN978-4-8137-0775-2 ／ 定価：本体610円＋税

書店店頭にご希望の本がない場合は、書店にてご注文いただけます。